中国好美文

南方有味

陈瑜 著

中国青年出版社

图书在版编目（CIP）数据

南方有味 / 陈瑜著 . -- 北京：中国青年出版社，
2025. 3. -- ISBN 978-7-5153-7730-8

Ⅰ . I267

中国国家版本馆 CIP 数据核字第 2025BR7421 号

南方有味

陈　瑜　著

责任编辑：岳　虹
封面设计：鸿儒文轩·末末美书
出版发行：中国青年出版社
社　　址：北京市东城区东四十二条 21 号
网　　址：www.cyp.com.cn
编辑中心：010-57350401
营销中心：010-57350370
经　　销：新华书店
印　　刷：三河市华东印刷有限公司
规　　格：880mm×1230mm　1/32
印　　张：8.375
字　　数：145 千字
版　　次：2025 年 3 月第 1 版
印　　次：2025 年 3 月第 1 次印刷
定　　价：68.00 元

目　录

越剧这条河流

越剧发源于嵊州。"发源"一词充满着动感和活力，那一刻，有新奇的、鲜活的事物喷薄而出，骤然打开了一条繁衍的神秘通路，开始了一场浩浩汤汤的奔涌。

白天与黑夜，一百多年的时间被这场奔涌裹挟而去。作为一个土生土长的嵊州人，我们似乎生来就无可避免地被浸泡在越剧这条河流中，哪怕没学会做个浪里白条，就开始了"踏浪嬉水"。地理学上，一条河流的产生和消失，会影响一个地方的生态。对于越剧这条河流，对嵊州这方"生态"会产生什么影响，我想，大概很少有人会这么想。

我对于"生态"的思考，源于很久很久之前的一个夏天。

那天，我是尾随着舅舅家的那只大白鹅来到一条田塍上的。当年，牛顿大概是闲适地坐在苹果树下，我没学他的样子。我姿势不雅地撅着屁股，拿着根木棍在地上东戳西挖。——沉浸在科学探索里的孩子是带着上天般的瞳孔的，他会发现很多躲在眼皮底下的秘密。那天，我赫然发现外婆家和自己老家的野花野草居然长得很不一样。此处常见的马兰头、车前草、半夏等野草，彼处未必寻常；彼处长得一片喧嚣的野孟菜、绵叶青，此地却须众里寻他千百度，虽然两地相距不过五六十华里。由此，我又发现在这两块土地上长大的叔伯姨婶也是不一样的，当然那时我还没读到"淮南为橘，淮北为枳"。大概从这一刻起，开启了我"作家"式的观察和思考。回家，我照例向母亲开启"十万个为什么"模式，母亲用两句话来解释："因为水土不同""十里不同俗"。

美国文化人类学家斯图尔德有个"文化生态学"的理论，他说："人实际上是一种文化动物。人的进化与文化的出现是密切相关的，人种形成的文化因素要超过体质的因素。"长大后，我读到"长干吴儿女，眉目艳新月""镜湖水如月，耶溪女似雪""越女天下白，鉴湖五月凉"，我就想，来自西域的李白和来自中州的杜甫果然一眼就看出了吴越美女不同于西北、中原的潋滟。

因此，我想，多了越剧的嵊州，文化生态肯定是不一样的。

一

　　113 年的历史不过是两三代人的记忆，相对于中华民族
五千多年的文明史来说，越剧幸运地避免了龟背、竹简、羊
皮、陶土等时期的磨损，让人们的想象有了具体的时间、完整
的空间，甚至还有些许面目清晰的人可隔着并不久远的烟尘对
话。1906 年 3 月 27 日的东王村，除了锣鼓声打破了村庄惯有
的沉闷表情，一切都显得稀松平常。在香火堂前这个由稻桶铺
设成的简陋舞台上，一出《双金花》喊响了越剧的第一嗓。按
照斯图尔德说法："人在不同环境的适应中会产生特殊的文化
及其类型、模式。"越剧从开腔的第一声始，就烙着嵊地人进
化的印记。甚而，穿越时间漫长的沿线，我们或许依稀可以看
到山川、土地、河流、人物、村庄……这里的整个生物层和文
化层都在为这一天做着准备。

　　地方戏曲是从方言的藤蔓上开出的花。有人说，方言是最
初的泥巴，像婴儿身上的胎记。唐寅《阊门即事》诗："五更
市卖何曾绝？四远方言总不同。"驳杂的方言交织成的市井鼎
沸，是一块古老而靡丽的苏绣，令集市活色生香。吴越同属古
老的百越部落，历来习俗同、言语通，属于南方语系。我无法
像语言学家一样，去了解古老的越地语系经过多少代移居者内

心的融合和分裂，以及土著们舌尖上的翻滚和伸缩，终于形成了目前的特有音节。令我奇怪的是，与悬在"门牌"上"剡"这个汉字气势不同，我们开口自带着一种软懦的妩媚和古雅，并无明火执仗的刚硬和冷戾。遥想魏晋时期，北方人候鸟一样迁徙而来，开始在江南扎根，和当地土著共饮同一条剡溪水。像花授粉一样，一种新的地方语言也由此孕育。我想，王谢两大家族应该也是这场"孕事"最大的"捐精者"。自从始宁、金庭别上王谢家族高贵的徽章，王家的山东口音、谢家的河南口音必定开始交集、融合……何况，在崇尚清谈的东晋，谈吐是一个朝代的风度。谢安、许询、支道林……他们的名士头巾多少沾上了腥膻斑驳的唾沫星子。

在悠远的中国古代，人们舍得花大量的时间去思念和等待——包括赴一场"兴尽而返"的任性约会。有了谢灵运和王羲之的古剡大地，有了很好的广告效应。文人士子朝圣而来，贩夫走卒谋生而来，他们携带着乡音，怀揣着各自的秘密，有的像一颗种子一样，落进这片陌生的土地，繁衍成新的村落；有的则是扦插出"客边""寄籍"的小群体。语言隔阂是要打破的第一道藩篱，经过唇舌传递的损耗、篡改、漂洗，完全能嫁接或催生出一个新的品种。于是，我们这个不大的县域里，乡音显得丰富而饱满，有着十来种的幽微和变化。而这种差别都携带着各自基因的密码，那种腔调是刻在人的骨髓里的。当我们将这种腔调吟唱出来时，就暗合了性情深处的一些特质，这种特质恰恰就饱含了这块土地的元神和风骨。

<h2 style="text-align:center">二</h2>

谈到越剧，我不是一个好的向导。碰上一个好的导游，张口来上一段，直接就将你领入一个"桃花源"。当然，如果最早时马塘村那个叫金其炳的农民，也和我一样笨嘴拙舌的话，越剧也许就不会产生，即使产生也许长成了另外的模样。不过，历史没有假设。陀思妥耶夫斯基说："我唯一担心的是，我们明天的生活能否配得上今天所承受的苦难。"苦难催生着艺术。饥饿的灵魂需要吟唱，就像荷马。有的人体内涌动着某种原始的生命力，天生具有分泌灵魂秘汁的功能。一个饥饿而乐观的青年，身后是穷困而飘摇的村庄，吟唱就成了金其炳卑微的乐趣。"落地唱书"是我那穷苦的先辈沿门乞讨时披上的一件褴褛外衣，借以遮蔽那四处漏风的灵魂，也给越剧打上了婉转诉情的苍凉基调。人几乎每时每刻都在丢掉尊严，也无时无刻地不在捡起尊严。金其炳用唱曲儿的方式来赢得人们的青睐，获取食物，也靠着音乐保持尊严，这是一个向度、一个方法，很

基本也很有效。直到今天，那些天桥上的流浪者还在运用这个法则。

从落地唱书到小歌班到绍兴文戏到正名为越剧，从男班越剧到女子越剧，越剧经过了72变，才长成了最终的模样。在最初，那些艺人握住胡琴就像握住了命运的铧犁，希冀深翻后的土地能长出一片绿油油的秧苗，用来养活饥饿的肠胃。琴师王春荣正奋力地概括出古老乐器的全部美妙，完成他最伟大的创作，"四工调"像一胚胚早春的嫩芽，从琴弦上绽放出一片鹅黄。被琴声犁开的心田上开始有梦一般的白月光照临，一帮懵懂的乡村女孩正在将喷薄的春天酝酿。琴声在贫瘠的村庄上空飘荡，村口的澄潭江泛出桃花一样的波光，琴声落在草垫子打的地铺上，单薄的青花布被变成了一朵柔软的云霞，遮蔽着女子科班的清贫时光。身为琴师，天生的敏感和细腻使王春荣不断地对人间悲欢进行一次又一次的揣摩、重奏。因为重复，慢慢地从粗糙简单的音律中，辨认、体悟出一些微小而复杂的细节变奏。在弓弦的无数个来回中，曲调开始有了云锦的光泽。

爱情、婚姻、才子、佳人……命运在琴弦中苏醒过来，越剧的唱腔开始逐渐呈现出独特无匹的纹理。——这世间新事物的诞生，除了孕育的艰辛，更要经历成长期的煎熬，才能抵达峰值，拥有高度之上的翅膀。无论是女子越剧最初的"三花一娟"，还是后来的"越剧十姐妹"，起初都是一群粗鄙的乡下女子，所谋的不过是一条生存之路。她们不是哲学家，讲不出高深的道理，但她们无疑是大胆而灵秀的，她们揣摩、模仿、修饰、概括……唱腔、台步、手势以人们最认可的方式开始固定下来。13 道声腔像 13 块词牌，奠定了越剧的宏基。一串活色生香的名字，似乎在曲调中发芽，每一胚绿芽都穿透了时间，葱郁在了光阴深处。

戏如人生，人生如戏。就像一场戏里主角的鲜亮往往有无数配角的衬托一样，越剧史上也湮灭了无数的配角。当命运的链轮开始转动，总有人经历着被忽略、被磨蚀、被辜负、被毁灭的命运，也总有人百炼钢终成了绕指柔。但无论主角还是配角，她们推动着越剧，越剧也裹挟着她们前进。

三

随着袁雪芬、范瑞娟、傅全香等老一辈越剧表演艺术家的相继谢世，越剧最老的声腔已经成为绝响，她们几十年漫长而幸运的人生已被提炼成了一部越剧正史。而与她们同时期的绝大多数伶人，是游离于史册之外的，她们没有名姓，面目模糊。但对于我们越地的好多人来说，她们更加鲜活。因为他们就是我们身边人的祖辈或者曾祖辈。例如清明随先生回老家祭祖，赫然发现祖父母的墓地边，紧邻的一座芳草萋萋的坟头，居然就是越剧男班鼻祖之一——马潮水的墓地。

同事飞姐的老父亲是个当了多年基层干部的"老革命"，奔90的老人家，人事已尽，只剩下前事可追。晚景敞亮，过往的苦难就成了人生的勋章，让人更喜欢在残羹岁月里，享受怀旧的余温。金老爷子戴起老花镜开始洋洋洒洒写起家族传记。儿孙孝顺，将祖父的前半生打印成了铅字以慰其心，便使我也有幸听得一丝其家族风云。在这里，且让我以飞姐老父亲的口吻来讲述这个故事——

"我有个二姐叫金珠凤，可说是马塘村走出去的第一批越剧伶人，比袁雪芬她们还要早几年。二姐唱老生，唱彩调，也算是个名角儿。到底有多少名气呢，我也说不清楚。只听得别人说起过一件二姐'耍大牌'的往事：二姐喜欢打麻将，前场锣鼓已然将戏场子炒得像只滋滋冒烟的热油锅了，她还得打完最后一局才施施然起身。当然，二姐这腕儿耍得威风到底是因为自身底气足呢，还是因为她嫁给了'四季春'剧团的老板余化龙，我就不得而知了。

"我是老来子，和上头两个姐姐相差近20岁。20世纪40年代，二姐已随着剧团在上海、嘉兴、杭州、萧山、临平等地开始跑码头，虽然辛苦，倒也能赚些钱了。父亲去世，家中越发清苦，母亲不得已去寻已经出嫁的二女儿要钱贴补家用。那时通讯不便，母亲只得沿途循着剧团的足迹去找人。为节省路费，母亲一路翻山越岭，过谷来、青坛、黄坛，到平水才乘船。崎岖的山道像是永无尽头，我不知道一个50多岁的妇人，是如何颠着一双粽子似的小脚完成如此艰难的长征。1944年，母亲带上年幼的我去找二姐，在过钱塘江时，乘坐的木船在江中遭遇风浪，九死一生才得以脱险。就像是生活的一个隐喻，二姐这只不大的'木船'，在风雨飘摇中撑起了一大家子的生活。到了第二年，家中光景越发惨淡，我也被迫辍学。母亲凄苦地说：'在家吃闲饭还不如到二姐那里寻口白饭'于是，带着对'白饭'的向往，母亲再次带着我踏上了投亲之旅。

"这次剧团在临平，有一天，镇上的保安队邀剧团到他们驻地唱堂会。前场锣鼓震天地响了起来，我毕竟年幼，也想去凑热闹。走到保安队门口，站岗的卫兵将我拦住。我一边轻声表明自己是金珠凤的弟弟，一边想往里冲。卫兵许是不认识金珠凤，许是没有听清我的话。一把将我推搡了出来，我摔倒在地上，爬起来后只得悻悻而返。过了几天，不知何故，我忽然生起病来了，不停地流鼻血。母亲整夜整夜地坐在床上用两块湿毛巾交替着为我敷鼻子，但效果甚微。二姐遍请了医生，都说不清所以然。因失血过多，我羸弱得像根风中的灯芯草，似乎随时都会晕厥过去。

"剧团是四处漂泊的，母亲和我只得跟着二姐到处辗转。每到一个地方，二姐花光了好不容易攒下的一点钱，到处求医问药，可我的病情总不见好转，开始浮肿得像个发面馒头，头发也脱落了。母亲和二姐忧心如焚，总以为没救了，背地里流了无数的泪。这样病了一个多月，或许是命不该绝，后来也不知道是哪个医生机缘巧合地治好了我。我是那么真切地嗅到了死亡的气息，虽然直到现在我也不清楚当年究竟得的是什么病。就这样，我在二姐的剧团里待了两三个月得回一条命，却将二姐操劳得瘦了整整一大圈。在接受了二姐责任和亲情混合的高浓度的'营养液'的喂养后，我病愈后的身体开始像竹子似的拔节，一脚跨进了少年的初始模式。我后来的人生逐渐亮堂起来，那是二姐的恩德像光一样照进了我的生命里。"

金珠凤唱了一辈子的越剧，带出了无数的徒弟，我不知道至今还有多少人记得她。但起码，在那个旧时代，越剧成全了她亲情式的伟大拯救，使她得以将贫穷的母亲和幼弟从生活的惊涛骇浪里打捞起来，从死亡的阴影下抢夺出来，并从此改变了整个家族的命运走向。

这样的故事，在我们这块土地上像地瓜一样埋藏了很多。

四

等到越剧在越乡这片土地长成我所熟悉的稻谷的模样，已经是 20 世纪的 80 年代初。它成了乡村的精神食粮，我的童年也接受了它的喂养。童年的诸多美好的回忆都与戏文有关，戏文和春节是等同起来的，一个村庄如果没有经过锣鼓的翻炒，是寂寞和苍白的，日子过成了没有边界的灰白色。那三天三夜或五天五夜的狂欢，代表着一个村落一年的风调雨顺。越剧和糖果一样，都是喜悦必备的养分，滋润着一年的开头。它像一朵俗艳的花，风骚地别在正月的头上。

一切有仪式感的事物似乎都与祭祀有关，越乡的戏台往往和祠堂组合在一起，仿佛在神龛上雕刻了一朵玫瑰，呈现出诡异的冲击波。戏台多数时候是沉寂的，"鸡笼顶"像口贫穷的锅，守着生锈的日子。蜘蛛忙碌地为"牛腿"上的人物牵线搭桥，那些掩藏在"刘海戏金蟾""陈抟找彭祖"故事深处的细节只有栖居的夜鸟知道。只有到了正月，当戏班子挑着箱笼进了村，演员们的铺盖卷儿在二楼厢房地板上一溜儿排开，前场的锣鼓开始像炒豆子一样翻炒出年节的香气时，祠堂才成了伊甸园。看戏，是最隆重的事。因为隆重，反而派生出毫不相干的许多游离的细节。后者看似零乱庞杂，既有精美的瞬息、简洁的特写，也有一些支离破碎，甚至，像废品、垃圾或尘泥，似乎该马上从记忆里清除，但它们却包含着丰富的令人震惊的寓言主题，以片段式的图景在记忆中存活。例如，有一年看戏，到处蹦跶的我无意中撞见祠堂边的柴垛里躲着一只鸡，它一声不吭地蹲着，用树枝巧妙地遮挡着人们的视线。一个路过的大人无意中瞥见了，随口说："哟，这鸡躲这儿下蛋哪。"一听这话，我开始了一场守候。一边在柴垛旁游走，一边用各种借口打发小伙伴的滞留，在这个过程中我和鸡共同坚守着一个秘密。不一会儿，鸡站了起来，瞥了我一眼，便昂首跳下了柴垛。我探头一看，窝里躺着明晃晃的5枚鸡蛋。我一把捞起鸡蛋，朝家中飞奔。热乎乎的鸡蛋像笔巨大的财富，压得我呼吸困难，我的心似乎要跳出来，迈出的步子都是虚无的。越剧和炒鸡蛋一样曾是我童年全部的满足和幸福。

有了越剧的灌注，戏台活了。它成了上天手中的一个魔方，把时间空间玩弄于股掌之间，"秦时明月汉时关"、铁马冰河、楼台潇湘都在这方寸之间。鼓板响起，胡琴像潮水一样漫过来，台上的人一个个都疯了般尽显魔态。《血手印》那威派唱得足以裂石，《桑园访妻》里何文秀唱着各种菜品，那道"酱烧胡桃"至今仍令我莫名其妙……台下是一片痴迷的哑寂，男人女人伸长脖颈，张着嘴，或沉浸其中，或满脸唏嘘。那个时候多是折子戏，大人们十分内行地评点唱腔身段，对于孩子来说，贪图的是最初的闹猛，当那头插雉鸡翎、扮相俊朗的白袍将军一套枪法耍完帅后，大多在长长的拖腔中昏昏欲睡。我最喜欢看的是《孟丽君》，女扮男装中状元后的孟丽君，着红袍、戴金翎，是我最初理想主义的辅导。因为，从小深陷数学灾难中的我，彷徨而孤独，对于不用考数学的古代科举产生了莫名的向往。后来读到周晓枫的《数学文盲》，以及袁敏老师回忆当年的偏科情结，才知道在华夏大地，饱受二元一次方程、根号、几何图形……痛苦折磨的不止我一人。那种因为运算低能引起的怯弱，始终像梦魇一样缠绕着我。"我经常梦见数学考场：面对试卷上怪诞的数字和公式，自己惊愕的表情和颤抖的手，持续的无望和幻灭感。"周晓枫的这段话简直就是我的写照。或许是这种"幻灭感"太过深刻，及至参加工作后，当我意识到再也不需要遭受数学考试的"冷暴力"时，还久久未能从这种巨大的欣喜中回过神来。

当我深陷在数字、几何图形组成的迷宫里左冲右突，我需要救赎。除了文字的秘境带给我珍珠般动人的柔光，我还需要有一个偶像抵御内心的隐患和恐慌。越剧多是男欢女爱、才子佳人的题材，花好月圆的结局大多建立在"落难才子中状元"的励志上，前面有多少"月落乌啼霜满天"的悲苦，后面就有多少"一日看尽长安花"的尊荣。孩子的假设从不需要任何理由或根据，他们的想象会越过真实的边界，抵达无限遥远的地点。——当喜乐奏响，状元那身荼蘼的红袍，就像一大片涂抹开来的"红药水"，隐秘地拯救着少女的伤口，由此陷入一种代入感的隐秘窃喜中。

越剧作为一种食粮，它不仅仅是正月里的几场大餐，它还以年画的方式喂养着贫瘠的农家。那时候许多乡村的堂前板壁上都贴着《十五贯》《红楼梦》《西厢记》等年画，有的是单幅剧照，有的是整部戏的剧情画，可以当连环画来读。记得台门里的雨生叔家当年就贴了一张"孟丽君和皇甫少华"的剧照年画，画中男女主俪影双双。多少年过去了，他们仍然缱绻地站在1988年的日历上头。除了布满尘灰，泛黄的纸面上还多了一片密密麻麻的小针孔，一枚缝衣针拖着一小截线尾巴锈在时间深处。受父亲影响，我家中是绝不贴此类年画的。但有一回，母亲忽然买回了一本《越剧小戏考》，而且不久，我赫然发现门前屋后的嫂子、婶子都人手有了一本。这本像字典一样的袖珍小册子，收集了很多剧目，居然点燃了一场乡村阅读的盛事。我将它当作小说来读，很多女孩子却将它奉为学戏的宝典，有的人唱着唱着就进了剧团。台门里就有两个"发烧友"，雨生叔家的两个女儿狂热地迷上了学戏。大丫漂亮，但是嗓子条件不够。小丫嗓子条件好，但长得没大丫漂亮。小丫一心想去考剧团，每天跟着广播刻苦地自学了很多戏考的曲目。婶子自小不待见小丫，因为唱戏，小丫更多了一条被讽刺打击的理由。婶子的失控的言语总是伴随着各种恶毒诅咒，像一个个炮弹袭向小丫，摧毁着她的信念，也将青春期的我的一只脚拖进了泥淖，小丫到底也没能走出成为越剧演员的一步。

当年的那些乡村女孩，情感启蒙和道德发育也与越剧有着微妙的关系。住在后门山上的女孩儿小红，才十二三岁就将长发盘成戏文里小姐的模样，讲话走路都妖妖娆娆起来。她一开口，我就看到她的那颗银牙在长长的拖腔里发出隐秘的光。她后来考进了一家民营剧团，唱了大半辈子的戏，到现在还在跟着剧团东奔西走。逢年过节，偶尔看到她回娘家，50多岁的人，开口像是在念白，身上带着一股子旦角的猎猎风情。

五

除了贫瘠的乡村娱乐生活，在户口管控严格的时期，越剧还意味着一个"农转非"的户口、一张吃国家粮的"粮票"。二元户籍制度，使"农民"和"工人"之间犹如横着一道天堑，除了读书改变命运，很少有其他出路。计划经济时代，生活几乎让人可以一眼望得到头。也因为这种显而易见的差距，许多人在身份一旦发生改变后，便很快背叛前一阵营。我亲眼看到，村子里的一位姑娘，其未婚夫——一名乡村代课教师突然考上了师范。狂喜之余，第一件事就是要退婚，他急迫地要摆脱农村户口的拖累。一个午后，绝望的姑娘去了。这是我童年图景里最早看到的人性的现实、残酷和脆弱。越剧像拔萝卜一样将许多农村女孩从土地里拯救出来，给她们颁发了一张特殊的"通行证"。高中毕业的大表姐就是得到这张"通行证"的幸运儿，考上了福建越剧团。虽然家族中固守着书香门第的传统观念，但毕竟，跳出"农门"就代表着阶层的提升，代表着有了亮堂的出路。那时候的大表姐像朵花，娇小的躯体像棵藤本植物，充满着韧性。许是因为常年走台步打下的功底，她走起路来收腹提臀身姿笔挺，在高跟鞋清脆的伴奏下，像只骄傲的孔雀。尤其是那挺翘的臀，在青色的粗花呢裤子里绷出诱人的线条，随着她的走动，荡漾出优美的弧度。这条青花呢裤子曾被大表哥嘲笑为"东阳佬"，我常看到大表姐将裤子脱下来仔细地沿着裤线折叠好，晾在中式大床里壁的横杆上。青花呢裤子就像只收拢了翅膀的鸟儿，栖息在横杆上，一晃一晃地，在我幼年里留下了深刻的印象。大表哥虽然老是语带调侃，但我知道，他对长得如花似玉的两个妹妹，内心是充满骄傲的。彼时，两个表姐一走出家门，小镇上的许多视线都会绕着她们转。有着饱满玲珑的臀的大表姐，像一粒花籽，在我内心隐秘的一角生根发芽，以至于在此后凡是见到长有这种臀部的女性，都会使我产生莫名其妙的好感。——就如现在，每次看见单位一女同事款摆着腰肢从我面前走过，心头就会升腾起一股炊烟般的袅袅温情。

大表姐是演旦角的，因为剧团离得远，我们从没看过她演的戏。春节是剧团最忙碌的时候，年夜饭大表姐永远是缺席的那位。到了暑假，她就像只燕子一样飞回来。偶尔，她会唱戏给我们听。我弟弟那时候大约三四岁，常常披了块旧被单，在床上走来走去学戏台上的官步，嘴里"夼次呔次"地念着锣鼓经。有一次，淘气的弟弟无意中翻出了大表姐藏在席子底下的卫生带，竟当作蟒袍上的玉带，往腰上一扎，乐滋滋地跑出去显摆。邻居们笑得前仰后合，哄笑声中大表姐红着脸拽着一脸茫然的弟弟打手心……娇小的大表姐反串起小生也别有一种英俊洒脱的味道，这是我从她的照片上得出的结论。有一回，她带了几张剧照回来，也给了我几张。切出花牙边的黑白照片，两张是 5 寸的，还有几张 2 寸小照。照片上的人带着演员特有的微表情，微微张开的唇瓣，勾勒出完美的唇线，丰润而饱满，像一粒樱桃，仿佛在传递着采摘的信息。旦角的云鬓上插着步摇，眉眼温婉。小生则头戴小生巾，风流蕴藉。越剧的妍美在镜头前更加惊心动魄、摄人心魂。这种秀丽，让幼年的我初次明了美的具体坐标。她的用品我开始悄悄地留意着，她的一举一动都成了我模仿的对象，包括将指甲修成尖尖的模样，像春天里的笋芽。——女孩儿的成长，大概是从对美的觉醒开始的。

桃花开了，开始期待桃子般饱满多汁的爱情。剧团是个大雁群，沿着乡村的图谱不断地迁徙。生活在流动中，渐渐地显示出它臃肿、不安、笨重的一面。那不断地打开卷起的铺盖卷儿，那嘈杂的锅碗瓢盆，都成了一块狗皮膏药，被厌弃而无奈地黏在日渐肿胀的迁徙生活上——鸟都是在减轻自身的重量达到飞行的目的。女孩子们开始恰到好处地展现出娇弱，给了做后场、跑剧务的男人彰显雄性力量的机会。一次次的援手就像檐下的雨滴，绵绵密密地渗透进了生活的细节里。细节像一面魔镜，瘦小而老实的大姐夫被折射得像佐罗一样英武，充满着中世纪骑士的力量。姑妈不止一次地骂大表姐因一时懒惰，赔上了自己的终身。这个说法，在此后很长时间里，都被当作恋爱的反面教本。大表姐是高傲的，她对自己的生活充满期许。大姐夫越是平庸，大表姐越是想催马扬鞭。"胡马依北风，越鸟巢南枝"。从剧团转业后，大表姐嫌宁德落后，不如杭城繁华，千方百计想"引巢"回杭。身为福建人的大姐夫却在这场"洄流"中被滞留，留在当地的一所财经学院做后勤。当下海的潮流掀起后，大表姐索性拉着大姐夫向单位递交了"留职停薪"书。但是商海诡谲，并非人人都能成"弄潮儿"。"私定终身后花园，落难才子中状元"——当期待中的红袍加身、帽插宫花的荣耀越来越背离自己时，大姐夫的一举一动就成了窝囊的代名词。几番折腾下来，婚姻渐渐充斥着冷漠和伤害。

越剧的经典剧目里，似乎旦角多数悲情，总是被欺骗、被辜负、被伤害……演员这个庞大的队伍中，总有人入戏太深，成为献祭。大表姐的大半辈子都在不甘中挣扎愤懑，才50多岁就被病魔下了生命的判决。——不知慢慢凋敝的花朵，是否蕴含着宿命的花期。我亲眼看见她在韶华里，打开了一卷绚丽的画卷，却不知从何时起只剩下了黑白两色。就像握着毛笔的手肘被撞了一下，滴下一大块墨团，黑色渐渐漫洇开来，篡改了原本的模样。纸张已经十分薄脆了，仿佛不堪一击。——大表姐的表情不用酝酿已呈现出一种悲凉，当身体的残山剩水和命运挣扎时，其实未来已经显而易见。但对旁人，我们永远只是一名看戏者，只能怀着隔岸观火的同情。……人生的尽头我们是否尽知苍凉。

六

2016年的一个夜晚，西湖成了一个巨大的舞台，被一场名叫二十国集团领导人第十一次峰会（G20峰会）作了包场。在这场宏大的声色筵席里，佩珀尔幻象（Pepper's ghost）全息投影术虚拟出了一些可视的美好。披着世纪华裳的越剧代表江南，走到了全球的聚光灯下，诞生于农业文明的这棵小白菜被端上了国宴，烹出了时代需要的味道。小提琴、双人舞、西湖水……创新、广阔、多元，跨中西、越古今，有了与世界对话的雍容气度。《红楼梦》中，刘姥姥对着一盘茄子惊叹："我的佛祖！倒得十来只鸡来配它，怪道这个味儿！"治大国若烹小鲜。越剧将"国宴"的仪式感提到了至尊的高度——茅威涛和谢群英饰演的"梁祝"在钱塘江畔送别，铸就了东西方爱情审美的交融。这对举世闻名的蝴蝶，不再仅仅是爱情的精魂，它张开的巨翼上，流动的是民族文化的自信。音乐在浩渺的天地间游走，光影打破各种壁垒，织出了一匹惊世的锦缎。

因为机缘，我认识两个越剧名角儿。巧芳演小生，月敏演旦角，一个高挑，一个娇小。巧芳浑身都是戏，一双斜飞的凤眼，清亮而有神，凛凛然带着一种须眉的豪气。无论何地，一开口，恍惚间，似乎有一道秘密的追光在她头顶，那通身的气派是浑然天成的。女小生，似乎在强化和美化倜傥洒脱的男性特质之余，还带了一种体贴与柔情，更能将异性的内心迅速擦亮。而娇小玲珑的月敏，身体里仿佛藏着一朵花，乐声一起，花朵就缱绻绽放，那逶迤而来的气息直抵人的心房。——我蓦然发觉，越剧里的女子，都带着临水照花的酡红醉意，翩跹在隐秘的世界里，完成一个人的自恋与抒情。

在这个无比烦琐纠缠又险象环生的数字时代，鄙薄或是拥趸都可以被"秒杀"，坚守和背弃只是一场韧性的较量。就像小时候玩的摔纸牌游戏，柔韧性强为佳，经摔耐磨，太软太脆的不行，摔不了几下，就会散架子，摔起来也没力度。太"鼓"也不好，很容易被摔翻。——演了半辈子戏的月敏，临到退休才猛然觉醒自己这大半辈子被拴在越剧这根桩子上，过得像条狗。毅然与之决绝，奔赴心中的梦。——娜拉出走后谁也不知道会怎样。

越剧是一场古典的杏花春雨。"百年老字号"需要一代代传承与创新，在那个大观园一样的越剧艺校里，春韭一样的孩子们正在刻意营造的古典浪漫中，开始展开关于越剧明天的想象。练功厅里，巨大的镜子前，越剧被肢解成无数个片段，或者是一个个零件，艺徒们正在不停地学着分解、组装。——夹得紧紧的臀部下柔嫩修长的双腿，细碎而快速地打着台步，像伸出蚌壳的软肉。柔软的腰肢折叠出夸张的弧度，像教练手中的一只只流星镖，被不停地甩出又收回。"西湖山水还依旧，憔悴难对满眼秋……"擎着一柄油纸伞的"白蛇"，在无数次地分解、咀嚼、吞咽后，渐渐地，终于从手、眼、身、法、步分泌出"蛇精"该有的致幻的"毒液"……有人在我身边感叹："我止不住热泪盈眶……"是啊，台上一分钟，台下十年功。为了赢得那瞬间的精彩，灵魂要忍受多少次削足适履的适应与拷问，肉体要经受着多少场从砂砾变珍珠的磨砺。"不知细叶谁裁出，二月春风似剪刀。"这些柳丝一样婀娜的孩子，正用鲜嫩的身体轻轻地抽打着春天的羔羊，让越剧经历着四季的轮回，却始终在流光中不曾变老。

七

当我越来越深地朝着岁月深处走去，常常想起曾读到过的一句话："什么经得起时间的轻蔑？"在这人生路上，每个人都像那个掰玉米的猴子，一直在重复丢和捡这两个动作。那些固执地留存在生命里的东西有时候让我心存疑惑，明明是很重要的章节，却成了掌中流沙，而一些不经意不刻意的细节，却能时常鲜活于脑海。就像旧物，有的是因为我对它的依赖，而得以长久地维系和保存下来；有的恰恰是因为我的疏忽和遗忘，反而被封存在一角。这种旧物会神秘地复活，像一坛窖藏的酒，一旦拍开封泥，冷不丁让你醉上一回；或者像莎士比亚传奇剧中的伏笔，代表一种神秘的指向。往事在我记忆所及的地方，历史却让我在故纸堆里迷茫。

越剧博物馆，每一件旧物都让我心生畏惧，它们沾染着时间暗黄色的汗渍。它们是有灵的，经常窃窃私语，念着咒语。曾经越是鲜活生动，现在就越是深重悬疑，甚而，带有显而易见的恐怖意味。橱窗是它们的封印术，一旦到了夜晚，黑暗就成了它们的舞台。在这堆复活的灵魂里，我不敢靠近，我分明感受到它们身上有不可知的邪恶的力量，尤其是那种深紫或漆黑的蟒袍，因为灵魂的厚重或世事叵测，它们一动不动地挂在竿上，像一张愠怒的脸，似乎有刻意吸走我魂魄的意图和居心。就像那个浮沉上海滩的著名的化妆盒，里面藏了一堆少女的心事，镜子里的脸永远看不见皱纹，只有斑驳的水银是时间的老年斑。盒子缝隙里还飘荡着一丝"新长发糖炒栗子"的香气，像一缕走失的幽魂。……人生万象，都被奇妙地概括浓缩在了生、旦、净、末、丑5种图谱里。当然，曾经深藏的伏笔，那隐身在袍子里的命运如今已经昭然若揭，像一部部已经解密的悬疑片。……脱离了生命的器官会腐烂，但是名字不会，他们成了戏袍上镶嵌的金银丝的经纬。

黑白照片里的王金水清秀、忧郁——上苍选中他，做了越剧的献祭。这个上海滩跑单帮的商人，有颗不安分的心。他将眼光转向了戏曲，用现如今时髦的话来说，是转型到了文化产业。他第一个敏锐地发觉越剧和女子之间存在着微妙的关系，聪明地用旗袍和金戒指将一群山花般的女孩带上越剧的花船，从剡溪摇到了上海滩。然而，窄小的乌篷船经受不了十里洋场的惊涛骇浪，理想中的财富王国化为黄粱一梦。作为一个失败的商人，王金水那悲壮的身影，如天际一抹涸开的浅灰色，浅淡得了无痕迹。

因为越剧，王金水和施家岙都成了文物。文物比旧物伟大，于是，这两个轻得像柳絮一样的名字，忽然被裹上了厚重的文化包浆。像顾景舟的茶壶，明明只是一件喝茶的器皿，却成了千金难求的瑰宝。——从实用主义的角度来说，人生在世任何努力都是只是自身生存的需要，但在丛林法则下，不仅包含着人生的艰巨性，还包含了或伟大或渺小或不朽或不堪等等一切的深刻区别。……而有资格评判这些的，唯有时间。

文物是一张糖纸，看到它能想起消失的糖粒，得以重温停储于舌尖上的甜意。文化也是一张糖纸，有本事的人可以用它将任何东西包装成糖果的样子，哪怕是空气。施家岙突然有了鲜明的地理坐标，"越剧小镇"举着热情的旗帜，夹道欢迎，一路将客人热情引向那里。以越剧的名义嫁接的乡村，成活成新型的小镇，正得意于自己陌生的气息和活力。清瘦的田野上开始盛开大片大片的格桑花和向日葵，澄潭江边，烟山远水地矗立起一溜儿乌瓦粉墙。掐去了炊烟的田园居像一幅端庄的工笔美人图，不食烟火。青菜、豆角、土豆、丝瓜……清浅地迎风招展，微风中荡漾着淡淡的植物浆汁的气息和泥土的腥味，像一个被圈养起来的"田园梦"。"越剧小镇"当然少不了一颗越剧的心脏——一座金碧辉煌的戏楼。它精致典雅，美轮美奂，它与对面良臣公祠里的古戏台遥遥相对，历史与现在也在遥相呼应。——从土地出发，越剧正用剡溪水泡起一壶乡愁的茶，企图召唤一种田园精神的回归。从嵊州出发，越剧正在摆一场盛大的"阊门集市"，号召全世界的戏剧操着"四远方言"前来赶集。

因为越剧，施家岙成为一处文化遗存；因为越剧，施家岙成为文旅胜地。而关于商业炒作和文化创意的话题也总在争论不休。江山要有诗文捧，沉寂还是喧嚣，就像事物的两个面，总有利弊。时代总在创新和变革中不断前进，一些做新事物的人，不将其放在一定的时间维度中衡量，谁也无法论断成败，或许有的事物本身也不以成败论英雄。想起伏尔泰的一句话："只有真正的天才，特别是那些打开新途径的先驱，才有权犯大错而免于责罚……"唯有历史是一个不断解码的过程。

"一弹流水再弹月，半入江风半入云。"我生长在越剧这条河流中，像个笨拙的渔夫，张着网眼粗疏的网。但"溯洄从之""溯游从之"，捕捞于我，或许只是一种徒劳。但我觉得这河流里一定是包含了某种有意味的东西，捕捞本身就体现了某种特殊的价值，有特殊的意义存在。那么，这样的意义到底是什么？

越剧的河流正在流向神秘的远方——在那里，物体延展出去的倒影生动而玄妙，远比事物本身更加韵味深长。

2018 年 6 月

它们站在大地上

一

周末真是个令人愉快的字眼。每周有两天和按部就班的生活分开，这种张弛感是超出了普通快乐的。于是，当这个周末我被满屏的"绍兴市稽中考古发现古越国大型建筑遗址"的消息击中时，又增加了一种"穿越"的快乐。我喜欢考古文化——循着老祖宗们遗留下来的"密码"，去遥远的异世界看人间烟火，看沧海桑田，是一场瑰丽的想象之旅。

犹如天光乍泄，埋藏了2500年的秘密就那样猝不及防地浮出了水面。基址、水井、马坑……那个六朝时期的砖砌水井像颗六芒星，带着神秘的力量。那写着"会稽""山阴""如律令礼"的汉代木刺残片，笔墨优雅，像投递过来的古老拜帖，古越国一下子变得正儿八经起来。虽然没到过现场，但是数字化时代，万物比邻。那些古老的器皿、古老的遗物，既虚幻又真实，像这个世界的本质。它们像漂流瓶，从能量空间里漂流过来。里面装着远古的秘密，虽是断章残句，字迹模糊，无人能读懂辨全，但是它们渗出远古的历史和情绪，漂染着我，让我陷入乌托邦式的冥想和沉思中。

案头恰好放着的一本《稻·源·启明》，是前日从事考古的友人王君刚刚送我的。两件事就这么突然在我脑海里勾连起来，像点燃了一场烟火——很多思绪就是这样莫名其妙地被触发。这是一个比稽中遗址更古老的故事，是所有故事的从前。2005年，我们也像今天的稽中一样目睹它在众多手铲和刷子下，以一个原始村落遗址的形式，一点一点谨慎地浮出大地。时间真是个老巫师，转眼间，挖掘出来的故事也被覆上20年的新尘。当然，在以千、万年为计的堆积层面前，20年连微尘都称不上。但作为一条卑微的生命，像美国著名短篇小说家欧·亨利说的："20年的时间有可能使一个好人变成坏人。"是的，时间是触发事件的玄机。望着窗外深广的天空，灰蒙蒙、空茫茫得像包涵了万物，又像一片虚空。我不由地想，一万年前的夏天是怎样的？也像现在一样暑热吗？幻想开始漫游，从这个小城开始，走得又远又广。

亨德里克·威廉·房龙在《人类简史》里说："人类历史就是一个饥饿的生命不断追寻食物的历史。哪里有丰富充足的食物，人类就会迁徙到哪里。"从万年到现代，生活增加了很多内容，但人与土地的关系没有改变，与稻米的关系也没有改变。天苍苍，地茫茫，风吹稻花香。小黄山地层深处躺着那粒古老的稻种，有着无声而磅礴的力量，流淌着文明的原浆。它跨越时空，让我们望见生命的力量之和。

是住腻了山区洞穴？抑或冰川融化，海平面抬高，被海水追逐着往东南沿海大陆架赶？总之，这群先民被命运之绳牵引着，沿着长江流域跋涉，从剡溪溯流而上，来到小黄山这块小平原，扎下了根，生成了一个族群的原乡。当然，那时，剡溪根本不叫剡溪，小黄山也不叫小黄山，可能连名字也没有。初来乍到，对于储备不足的先民而言，生存是相当艰难的。他们和这片土地艰难地融合着，与接踵而来的饥饿挑战和猝不及防的灾难对抗着。但这块看似荒凉的土地无疑是一方充满生命力的沃土，是一块母土。鸟类繁衍生息于此地，野生动物奔走在林间，或许还有可怕的狼群曾在这里仰天长啸。最重要的是，河边、沼泽地边长着一丛丛狗尾巴草一样的植物，垂挂下来的颗粒物金黄而饱满，随着微风浮荡出金色微澜——最原始的稻谷走进了先民的视野。《新语》说："至于神农，以为行虫走兽，难以养民，乃求可食之物，尝百草之实，察酸苦之味，教民食五谷。"传说中神农氏是尝了百草后才选中了稻子，并开始培育种植。小黄山第一个培育稻子的人，我们不知道名姓，也无法记下他的功劳。我想，或许这首代农科员并不是某个人，而是一群人——毕竟当时以群落的名义齐心协力才是准确的生存模式。因此，我想神农这个称谓用到哪个地块上的农科员身上都是恰如其分的——这样的发现和创造，是只有神才能完成的奇迹。这株禾本科的植物，改变了人类的饮食结构，使他们一步一步架构起精神和生命的框架。他们不再只是追着猎物跑，而在这片土地上开始生根，开始生生不息。就像一棵树、一条河、一座山，枝枝蔓蔓，起起伏伏，慢慢生成，呈现此状，而非彼状。当然，其间是由漫长的时光和数不清的事物共同成就。

人生来是需要被庇护的。要御寒，于是他们身披兽皮。要躲避风雨，就要有巢穴。于是他们开始挖壕沟，建造房屋，房基规模宏大、营建讲究，南北长排，坐西朝东。神奇的是，这些史前木构建筑却已经考虑到采光、保暖、通风等问题。看！为了防潮，他们甚至想到柱坑底部用残磨盘、块石作柱础。为了冬天也不至于挨饿，他们还挖建灰坑用以储存肉类、稻米等各种食物。——从小黄山遗址到稽中遗址，我们习惯从建筑遗址上来梳理历史脉络，推测古人的生活。即使它们在时空上并未连缀，中间相隔了几千年。

这时候，太阳、风雪、雨水，可见是恰到好处的，适合人类生存，也适宜一些作物的生存，植物在本质上与人类是互为依存的关系。就这样，人和稻米的命运相通、须臾不分起来。稻花开放的刹那，放出的温暖的光辉，照亮了漫漫长夜，让饥饿的身躯得到更多的安慰，它们开始和人类相辅相成。收获的愉快是古今相通的，提着早就磨制好的石斧、石锛直奔稻田。石器刈割稻秆的钝感，使他们不断打磨石头的形状和锐度。收下稻谷后，他们开始用石磨盘与石磨棒为谷物脱粒、砸击研磨。随着第一缕炊烟升起，又产生了很多的器皿——炊煮、盛装、储存……都需要有盛器。于是，大口盆、平底盘、钵、双耳壶、平底罐、圈足罐、绳纹圜底釜，更有造型别致的背壶、尖底瓶等，被一样样制作出来。这些陶器各有形态，多为平底器、圈足器，还有少量的圜底器。先民们不仅制造出器型丰富的陶器，在食用了稻米之后，又发现在陶器的胎土中羼合了稻壳、稻叶和植物的茎秆，让器物更易成型，也更牢固。小黄山出土的林林总总的2000多件陶器、石器，对先民的生活状态，勾勒了一个大体。

马克思说："在野蛮期的低级阶段，人类的高级属性开始发展起来。"生产力低下的时期，机械工具匮乏，但不能阻止人们对美的表达，这似乎也是人类的本能。夹砂红衣陶的那抹红，像一抹朝阳，照亮了人们刀耕火种的生活。按照李泽厚

《美的历程》中的说法，已经"不只是感官愉快，而且其中参与了、储存了特定的观念意义了。在对象一方，自然形式（红的色彩）里已经积淀了社会内容；在主体一方，官能感受（对红色的感觉愉快）中已经积淀了观念性的想象、理解"。或许，最早的意识形态活动（包括宗教、艺术、审美等等）正是从这抹红色中萌发。这些最早的陶艺家，用手中现有的最朴素的材料塑造自己的生活。我还看到了一个石雕人首，用粗犷的玄武岩质砾石夸张地概括着五官，表情像……他（她）有表情吗？是图腾、族徽还是装饰？他（她）甚至不辨男女，只是先民们参照自身打磨出来的形象，用最朴拙的手法。是留给我们的亿万张迷惘的面孔之一，却拥有了比自身更漫长的生命，与大地同寿。这个一万岁的石首被供在高洁的绒布上，聚光灯打在他（她）的头顶，数不清的人们驻足观赏、猜测、想象……凝望着这最初的凝望，我同样迷惘着这最初的迷惘，生命似乎产生了宏大的视角。

上山、小黄山、庙山、太婆山、蒇山等 19 个地方，或许原来互不相识，却又在某个节点如约相逢，从而被真正归纳、总结、命名，有了共同的名字——上山文化遗址。考古学家很高兴，像找到了远古法阵的阵眼，欣然称之为"远古中华第一村"。

我常想，在没有交通工具的远古，先民们是否也在互通信息，交流学习？或者是瞎子摸象各干各的？《稻·源·启明》上是这么概括的："那一粒米，在钱塘江流域的山间盆地生根发芽，孕育了上山文化，传承于跨湖桥，发达于河姆渡，登峰于良渚，长江下游地区成为全国稻作水平最高和产量最高的中心，一直到近现代都有'苏湖熟，天下足'的说法。"从生态科学来说，"每一种生物都被赋予特定的影响范围，每一种生物都有其特定的位置及目标"。稻子却从这里出走，离开南方潮湿温润的故乡，奔向中国北方，由西向东，从干旱的西北高原到东北黑土地，在广袤的土地上展示出强大的生存力。物竞天择的自然法则中，它们坚韧地击退众多本土农作物的层层阻击，甚至改变自己的生长特征竭尽全力繁衍下来。这让我们坚信，植物对自然及他者的理解、适应、利用，积累了千年、万年的经验，生存能力一点不比人类差。它们如何生长、如何应对周围世界之变化就像我们的一面镜子。不知何时，稻子们又和上苍和大地进行了良好的沟通，甚至用花信将不同的文化和大陆联结在了一起。于是，世界拼起了长长的餐桌，接住了这碗芳香四溢的米饭。但稻米的根在中国，充满了乡愁。随着湖南省道县玉蟾岩遗址、江西省万年县仙人洞遗址、浙江省河姆渡遗址以及包括我们小黄山的上山遗址的纷纷"亮牌"，像是从远古传来了一声声悠长的呼唤。我们的先祖携带着稻种，写出了几千年田园牧歌式的农业文明。稻子用它们的善意与豁达，创造了禾本科家族最伟岸的森林，以及与人类休戚与共的命运。我们与稻米共同拥有了一部自然史、文明史。

二

远古的孑遗没有被时间吞噬，从自然生态的角度来说，嵊州这块盆地的确是人类繁衍生息的理想地域。一定的海拔，河流逶迤，山脉俊秀。稻子们也将时令刻进了基因里，年复一年，稻子们密集地生长，顽强，执着，有着穿越时光厚土的坚韧力量，充满稻花香的田野里似乎呈现出某种不变的永恒。站在坐标嵊州市甘霖镇上杜村小黄山这块土地上，仿佛在与先祖对话。10 米高、10 万多平方米的古台地，像一个巨大丰盈的稻垛，宏富沉厚；也像一座古老的祭台，有无数的灵魂在闪烁的星空下翩翩起舞。我们接受了这笔伟大的遗产，也接受了一次生存根基的教育。它让我们读懂了粮食的意义、生命的力量、文明的韧性。蹲下身，捧起一捧黄中略带赭红的泥土。泥土从指缝间流出，无数的微生物也从我的手中流出。刹那间，深广无边的土地"浓缩"为乡土的册页，它的四季、它的农事、它的恩典与慈悲以我熟悉的气息在眼前展开。

我常常觉得，水稻是一种母性的植物，喂养了人类。稻浪起伏，田野开始变得古典又抒情。那流动的曲线，让大地自然地有了女性的形态。想起曾读到过的一句话："就外貌而言，粮食永远是唐代遗风，以胖为美，籽粒饱满圆润奉为上乘。"是啊，当成千上万的胖胖的稻子站立在一起，整齐有序，那就是一个大型的审美现场。稻穗饱满、密集、齐整，下垂的穗粒让人联想起佛陀慈悲的微笑。我们从小就被教育要爱惜粮食。古诗《悯农》："锄禾日当午，汗滴禾下土。谁知盘中餐，粒粒皆辛苦。"这首诗是中国人教育下一代珍惜粮食、爱惜粮食的首选。因为这首诗，没种过地的孩子也知道了稼穑的辛苦。

我见过最珍惜粮食的"吃相"，来自我的大娘舅——我母亲如父亲般的长兄。吃完粥，还要将碗舔一舔，一星点儿的米粒米糊都要舔进肚子里。他神情专注，不放过任何一粒从我们碗里逃逸出来的米粒，仿佛每一粒米只有捉进嘴里才能使生存更有保障。翻越过饥饿大山的人，几乎养成了一种灾难式的生活习惯，时刻防备着，去抵御未来可能再次发生的灾难。我年幼，对此常常笑得没心没肺。当能懂得这些动作背后的沉重含义时，人与事都已成了记忆窄门里的残片。

我们都唱过那首著名的歌儿："我们坐在高高的谷堆旁边，

听妈妈讲那过去的事情。"——高高的谷堆，金黄、芬芳，具有金字塔般的美感，正散射出雄浑之光。听故事，就是听丰与歉，听悲与喜，听生与死。对于文物本身，我从不上心，触动我的是地层学，一层一层的沉积物讲述着人类的故事。小黄山的土层太厚，里面的故事长长又煌煌，像一茬又一茬的稻子。籽实饱满里藏着《诗经》的风雅、《楚辞》的遗绪、汉唐之风韵，充满着凌空蹈虚和宏大叙事。而映射到我们个体身上的，其实不过是一粥一饭之尘世修行。

我没见过自己的祖父，作为一个村庄一个家族，我们的命运自然地与土地密切相连，甚至是和稻米与共。山村太小，比别人多几亩田地，多收几担谷子的祖父是打眼的。他在1948年夏天的一个后半夜突然去世，家里刚割回几担早稻，他还来不及尝一口新稻米饭。但他留下了一顶地主的帽子，避无可避地砸到了父亲头上。所以，很长时间里，祖父的影响力有如实质，存在于生活的方方面面。父亲中年生子，倒使我和弟弟幸运地避开了他人生的至暗时期。父亲注定没有多少朋友，阿毛伯伯似乎是唯一一个。他们几乎每天晚上都要在一起座谈，不是阿毛伯伯来我家，就是父亲上他家。阿毛伯伯有点孤僻，和父亲一样，与人谈话带点小心翼翼，但两人在一起话多。我胆小，夜晚绝不敢一人先去睡，常常挨着桌角强撑着睡意。昏黄的灯光下，父亲和阿毛伯伯的脸明明灭灭。有时候，话音骤停，瞬间的苍凉与倦意，又都落在对方眼里。这时候，"滋——"，耳畔便传来长长的吸溜茶水的声音。然而，有一天阿毛伯伯再也不来了，他死在了自己的50岁。自那以后，每当稻子快成熟的时候，父亲总会盯着稻田发呆。很久之后，我才知道阿毛伯伯的故事。那一年，米吃光了，番薯吃光了，玉米都光了，南瓜、萝卜，光了，连糠皮也光了，观音豆腐、狼萁根……很多树根和野菜的食用方式也被开发出来了，到处都是饥饿而浮肿的人。祠堂里还有点粮食。那天晚上，阿毛和先斗、耕生在村子里游荡，饥饿感烧灼着年轻的躯体，他们四处巡睃的眼，冒出狼一样的绿光。不知是谁先起的头，三个人开始分头行动起来。先斗负责望哨，耕生负责示警，阿毛扛来一根长竹竿，架在围墙上，三两下翻进了祠堂。第二天一早，阿毛就被村支书叫走了。村支书口气肯定地斥责阿毛的偷盗行为。阿毛矢口否认，年轻气盛的他，见村支书说话难听，直接怼了回去。一来二去，事情变得不可收拾起来。我父亲知晓情况后，连夜赶到阿毛家，劝其赶紧去承认错误。阿毛起先嘴硬，父亲便将当晚的场景复述，连细节都活灵活现。阿毛当即怒吼："这俩贼东西！""一样米养百样人"——老祖宗的话总是犀利而通透，那一锅三人饱食的米饭，独独向阿毛伯伯亮出了魔鬼的獠牙。

牢狱有期，再难的日子，过起来都是一晃儿。但那几斤米的代价，阿毛伯伯却是用一生来偿还。有人说，一个人的一生吃多少米是有定数的。我常想，阿毛伯伯被饥荒抽离的粮食数，显然没被上天补足。人世间的悲风吹过，属于阿毛伯伯的稻子像穿了一袭撕裂的布袍，抖抖的，寂寂无言。

　　我们的村庄习惯用上畈、下畈来称呼我们的田野。上、下畈依山傍水，无论幅员还是植被都很南方。一块块被分割得如调色盘般的稻田，精致也抠搜，却是村人年复一年手工打制的天堂。父亲不善稼穑，明明生长在农村，却始终像是一名挽着裤脚、站在田埂上的守望者。在生产队里挣的是六七分的工分，估计还喂不饱他自己。幸好，他还是一名赤脚医生。分田到户了，父亲对自家的一亩三分地完全无措。一颗种子要成长为一穗粮食，除了承受阳光雨露，也要饮下农人的血汗。插秧的脚深陷泥泞，耘田的脊背弯成一张弓，犁田时像牲口一样拖拽向前……，没有哪一个环节是父亲能驾轻就熟的。牛犁草耙的每一步都与诗情画意毫无干系，有的是现实中的汗流浃背。即便丰收的滋味里，仍含着酸甜苦辣。收割、脱粒、晾晒……父亲生涩得像下乡体验生活的城里人。而母亲那时作为高龄产妇生育两个孩子的后遗症已经显现出来了——难以负荷沉重的农活儿。于是，我便有了唯一一次割稻子的经历——后来我们的田就转包给了别人。我拿起镰刀，踌躇满志地准备冲向稻田。母亲连忙停下灶台上的忙碌叫住我——她正忙着准备来我家帮工的乡亲的茶饭。母亲走到我身边接过镰刀，认真而仔细地讲解挥镰的技巧。我完全不在意，心里满是对这原始的、机械性劳动的轻视。事实上却是高估了自己，刚下田割了两把，就一刀挥在了手指上。母亲接住了满脸泪、满手血地跑回家的我，一边替我包扎一边心疼地喋喋数落，又煎了两个荷包蛋给我压惊。从此，喷香的荷包蛋伴随手指的痛感是我对收割的独特记忆。

多年后，我读到《枕草子》里关于割稻的描写："但是在这里却没有妇女夹杂着，全是男人，将全是变成赤色的稻子，在稍微绿色的根株上捏住了，用了刀子什么的，在根株边割下，很是轻快似的，觉得自己也想去割了来看。"深深觉得，宫廷女官这种对农事好奇、无知又蠢笨的眼神，正从我的眼睛里流露出来——原来，在世界的另一个地方，有人的所思所想也和我一样，像另一个我生活在另一个地方。

手指早已没有了疼痛，疤痕也浅淡得几不可见。但失去了母亲，却有了永远的痛感。失去了母亲，才知道永远不再有做孩子的奢侈了。从岁月的沙漏里倒回去，便常常忆起母亲唠叨的柔软与温暖。她常常不厌其烦地讲我出生的故事：她怀我时的胎相、她的吃相，特别是她九死一生的难产经历。我差一点就被那个漏电的吸引器，阻挡在母亲的子宫里了。也因此，那名将我千辛万苦接到这个世界的医生，成了母亲一辈子感恩的贵人。可惜贵人不"贵"，不久后就死于一场谋杀，连同她那像稻子一样刚刚长出胚芽的孩子，皆被她丈夫扼杀。人类的繁衍和生存，像稻子一样艰难又坚韧。稍有不慎，就会歉收或灭绝。达尔文在《物种起源》里企图说清楚其中的秘密，但更多的说不清楚的秘密在天地间游荡。

万物生息，各有归止。盛夏时节的南方，植物犹显肥硕蓬勃。我用一种全新的眼光审视我们古老的家园：街道和集市，工厂和商店，城市和乡村。一个个鲜活展开的生命，像一株株稻子，葳蕤茂盛了上万年，坚韧而生机勃勃地挺立在我们看得见的地方，成为人类活动与意志的极佳表述。我们每一个人都是一粒稻子，在自然节奏和社会法则里，无论是恣意醋畅，还是执拗坚韧，都在展现着深刻的生存智慧。

这场相隔万年的相遇，都在告诉我们，所有在这片土地上生长过的，都在生生不息。美国女诗人艾米莉·狄金森说："希望是只鸟儿，栖在心灵的枝头。"我想，希望是株稻子，结实饱满地挺立在大地上。

2024 年 7 月 27 日

南方有味

汪曾祺先生说："四方食事，不过一碗人间烟火。"南滋北味，饮食是乡愁里的基因。食物有地域特色，有时令秘密，有民俗风情，有时代印记，还有世故人情。饭天天吃，但同样的食物，吃在每个人的嘴里滋味各有不同，人间冷暖皆是一场烟火聚拢。

笋干菜鸡子榨面

人的饮食习惯真是奇怪，犹如胎记，带着天生的好恶。我自小不喜面食，不仅讨厌面条，就连幼时奢侈的包子饺子都一概不喜，总觉得任何面食都带着一股麦腥气。如果硬要吃点，那么我又会走向另一个极端。只吃极干的，极"纯粹"的面食，例如大饼——当然最好是裹了油条的，例如只撒点葱花或芝麻的咸烧饼。更甚者是冷馒头，必须是放了一两天的、很硬实的那种，啃上一口，能留下白白的齿痕，粉粉的面屑落进嘴里，像下一场雪。不喜面食，我的饮食版图就缩小许多，也使得我和榨面的关系较常人亲厚许多。

榨面是我们嵊州的特产，看着同米粉、米线相似，但以精选的早籼米制作——在源头上就有了分支。嵊州有两个核心的产地——殿前村和溪滩村。殿前村离我老家近，常有小贩骑着自行车，耍杂技般摞了很长的几麻袋榨面走村入户地来贩卖。两地制作工艺差不多，却又各具特色。基本流程是浸泡、磨浆、压榨发酵、制粒、蒸粉、挤丝、揉搓、摊凉、复蒸、成型、晾晒等。早先手工作坊时代，每一道工序都是劳力的见证。即便现在机器代替了笨重的碾磨、捣臼、踏碓、榨担等传统工具，其中摊凉、成型、晾晒仍是手底下的功夫。因此，做榨面的人常常后半夜就起来劳作。当女人们拿着绣绷般的竹范将纠缠的面线规整成一个个圆形的面饼时，立即就生出纤巧精致的质感。竹篱扛出去晾晒，小乌溪江边犹如千帆竞发，场面壮观。晒好的榨面丝丝缕缕莹白剔透，如团扇如苏绣。在嵊州，相亲对象、至亲贵客登门，端出一碗笋干菜鸡子榨面（嵊州方言称鸡蛋为鸡子），算是上宾待遇。其至生日做寿、出嫁上轿、女人坐月子都离不开一碗热腾腾榨面的市面。

榨面可炒、可煮，可做汤羹成菜，可做点心，亦可为主食。但我觉得，笋干菜鸡子榨面是最具江南意象的食物。锅里的水腾腾地烧开，放进一撮笋干菜，沸水中，新晒的笋干菜像茶叶一样开始舒展身体，仿若阳光照过竹林，找到了重返春天的路。再将榨面放进去，酥脆的面饼瞬间丝滑了眉眼，如解开的心事。淋上金黄嫩滑的蛋液，出锅前撒上碧绿的葱花，挑上一朵猪油。撩起一筷入口，柔韧爽滑，笋干菜清雅的鲜香，让平庸的米面瞬间有了一种格调。其汤不浊，喝一口，鲜爽，透着一种茶汤般的禅意。古人有云："人莫不饮食也，鲜能知味也。"对于知味的食客来说，鲜是一种足以让心灵融化的美妙感觉，是舌尖上的天籁。这透鲜的一碗端上来，除了美味的慰藉还有那份郑重的客情——灶膛里跳跃的柴火，外婆慈祥的笑脸，扑面而来的鲜香，滋溜吸食的畅快，谁说这不是一支越乡人唱了一生的外婆家歌谣呢。

梁实秋说："我想一般人都会同意，凡是自己母亲做的菜永远都是最好吃的。"确实，我一直觉得母亲的味道，有一部分是食物的记忆。我母亲烧的菜好吃——她对此也有十分自信的认知。榨面自然也能烧出多种花样，我不知道吃了多少碗母

亲烧的笋干菜鸡子榨面。但令我印象最深的那两碗，却另有
其味。

母亲个性里颇有几分古典的侠义心肠，但她这份锄强扶
弱、爱打抱不平的品性，在我看来是堂·吉诃德式的，总带着
理想主义的天真。

那时候，乡下总是有几个傻子癫婆之类的人，只要不袭击
人，人们便也无视他们像幽灵般地在村庄里飘来荡去。家家户
户的台门是敞开着的，他们常常沉默地进来，绕着道地走上一
圈，探头探脑张望一番，口中念念有词，自顾自地便又走了。

一天晌午，天上零星地飘着雪花，我们刚撂下饭碗。"癫
婆"梅姐突然闯了进来，长长的麻花辫上沾满泥土草屑，嶙峋
的脸上有几道擦伤。她举着的掌心渗着血，嗫嚅着："叔，红
药水……"父亲当赤脚医生的年月里，这样的场景并不鲜见。
但梅姐却从不曾拿任何伤口来寻求过帮助——虽然她经常鼻青
脸肿的。

梅姐是颗外乡飘来的草籽。至于是如何翻山越岭地流落到
隔壁仅有三五户人家的山坳里，在一个贫穷的老鳏夫家里扎
根，谁也说不清。梅姐长得清清秀秀的，不发病的时候，见
谁都打招呼。但是，不管她多礼貌、多客气，仍是人们口中的
"癫婆"。最多，前面冠以老鳏夫名字，表示归属。

未等父亲起身，母亲便拿了红药水帮梅姐涂抹伤口，见她冻得瑟瑟发抖，便又拿了件旧衣替她披上，问她吃饭了没，见梅姐摇头，母亲便下厨做了碗笋干菜鸡子榨面给她。看着埋首面碗的梅姐，母亲目光中带着深切的悲悯。我忍不住腹诽，觉得母亲对个"癫婆"殷勤，未免小题大做——大概在我世俗的眼里，一棵畸形的树木，根本不配享有任何的滋养和浇灌。

谁知此后，梅姐神志清楚时，便常常来看望我母亲，亲亲热热地叫声"姐"。有时候手上会拎几棵萝卜青菜，或者几个番薯。有时候，会牵着她的儿子，让那孩子管我母亲叫姨妈。那男孩羸弱，瘦得像只猫，大概有支气管病，一到冬天就呼噜呼噜，怯怯地跟在梅姐身后，身上穿着些别的家庭成员淘汰下来的旧衣。母亲便常常递给孩子一些吃食。梅姐很识相，从不久留，甚至不坐下来，好像就为了进来看一眼，叫一声。我一直很好奇梅姐的故事，但这故事始终像梅姐的思维一样，混乱地藏在她的内心，我从来没有试图让她理顺后一点点从口里牵引出来。日子一天天过去，梅姐渐渐来得少了。等我再想起她的时候，她已过世两三年了。听说跌落在一个山沟里，等找到时早已没有了生息。没有人会在意一个癫婆在世间的来去。活着的时候，她属于被排斥、被轻视、被奚落甚至被驱逐的一类——即使她清醒的时候比任何人敏感有礼、懂得感恩。但间歇性的癫狂早就将她的人生撕成碎片，人世熙攘，没有人愿意对一堆碎片费心费力。因此，她的离场，像一阵风刮过村庄，注定不会留下值得人回忆或者怀念的细节。

早年间，村子里有两个老太太最为有名：一个是妹婆，一个是祖桃阿嬷。两人年龄相仿，脑后的盘香髻梳得精光水滑，露出高高的额头，颠着双放大的小脚，走起路来"咚咚咚"，仿佛自带节奏，一身大襟布衫永远干净妥帖。村中凡有红白喜事，两人都是主家必请的主事嬷嬷。在乡村，这份体面一方面源于自身德行，一方面则是儿孙给的。儿孙有出息，长者面上就有光。

妹婆领了小学堂烧饭的差事。每天一早打开老祠堂灶房的门，檐下两只七石缸里清水粼粼，大铁镬擦洗得干干净净，走读生们陆陆续续拎着饭盒来淘米蒸饭，祠堂里瞬间热闹起来。妹婆像只老母鸡一样走来走去，安抚着一群叽叽喳喳的小学生。中午下课铃一响，孩子们呼啦啦冲向食堂，妹婆准时地揭开厚重的杉木锅盖……妹婆住在我家不远，一个人住一间三四十平方米的抱厦。屋里陈设简单，但极干净。一床、一方桌、一个大衣柜、一口独眼灶。我曾经睡过她的被窝，橘色的缎子被面，浆洗得雪白的被单，有好闻的阳光的味道，松软暖和。

妹婆的小儿子是飞行员，在青岛。我经常坐在小板凳上，吃着她喂给我的银耳羹，听她说飞行员的故事。银耳是小儿子寄回来的，是稀罕物，故事是小儿子的来信加上妹婆的想象。妹婆不识字，不知道青岛在哪里，我也没见过他的小儿子。但妹婆说，小儿子隔三差五就会开着飞机从毫岭的上空飞过，看得见她。道地很开阔，乡村的夜空明净得像妹婆身上的青布大褂，我们经常一起仰着头看天空。果然，有飞机一闪一闪地飞过，有时候会在天幕上拉出长长的线，像谁放了一个风筝。喏！儿子在打招呼了——妹婆欣喜。

我没见过自己的祖母，在我心里，妹婆自然而然地填补上了这个缺失的形象，给了我很多慈爱。我渐渐长大，离家外出求学，和妹婆也渐渐疏离。当假期回家再见到她时，她已判若两人。妹婆的衣着不复整洁，反应迟缓。再渐渐地，原来油润的两颊开始凹陷，盘香髻变成了乱蓬蓬的齐耳发，目光呆滞。从唤她偶有回应到完全不认人，仿佛一夕之间，就被抽了魂。在这被磨损和摧毁的过程中，我不知道妹婆是否害怕恐惧，是否尝试自救——像她早年吃银耳为了耳朵敞亮一样。"妹婆老年痴呆了。"母亲一边摇头，一边叹息，有点一言难尽。

一个周末，我正整理返校的行装，听得外面一阵喧哗。只见村巷那头，满身邋遢的妹婆缓缓走来，一手拄着拐棍，一手挎着一个竹篮，篮里放了一只破碗，眼神空洞，形容枯槁。她的头发全白了，像一蓬乱草，后面跟着几个嬉笑的孩子——这一幕，活脱脱就是鲁迅笔下的祥林嫂。远远地，妹婆的孙媳妇琴嫂子倚门笑看着。隔壁红佬婶家传出"叮叮咚咚"的钟磬木鱼声，念佛堂里坐了一帮念佛老太太。老太太们一边念念有词，一边引颈探头。妹婆的大儿媳妇桂阿嬷也在其中，她起身走到门口，饶有兴味地看着眼前一幕，转身朝着佛堂眉飞色舞地比画什么，恣意鄙薄的笑声碾过了满堂的念佛声——不知道日后收到烧纸的某个先人，是否会倒霉地发现这是张缺了角的假钞。众人知晓桂阿嬷的脾气，兀自看着，没人回应她，也没人挺身说什么。我母亲见此便招手让琴嫂子快将太婆搀回去，这样子着实难看。琴嫂子朝佛堂努了努嘴，转身回屋，"嘭"地合上了门。母亲又看看桂阿嬷，见她若无其事地坐回去继续念佛，摆明了只想看老人的笑话。母亲便将妹婆搀到我家，帮她净了手脸。让她在堂前坐下，下厨很快做了碗笋干菜鸡子榨面。妹婆狼吞虎咽起来——她已经失去了原有的经纬，对所有的好恶已经无感，曾经的庄重和如今的狼狈，都在她无感之外。她不停地拖动面线，兀自恣吞恣嚼，汤水四溅。失魂的躯体只剩下本能，何其残忍。外面忽然传来响亮的叫骂声，只见桂阿嬷鼓着一双水泡眼，薄薄的嘴皮子上下翻飞，口唇张合间唾沫横飞，配以有节奏地拍掌顿足，形成横扫千军的气势，看得人惊心动魄。细听之下原来她在骂我们既然爱管闲事，不若就领回家供养……那种积攒许久的、明晃晃的厌憎化作恶意的污水不断泼过来，将我母亲这条"池鱼"淹得喘不过气来。父亲长叹："当年那看相佬竟一语成谶，莫不真是命？"话说当年，祖桃阿嬷和妹婆两人一起做针线活儿，一游方术士经过，对着两人一番端详，指着妹婆说："别看如今是侬体面几分，晚景侬可要吃些苦头。"众人皆当术士浑话，岂料命运的种子如此顽强地破土而出，开碑裂石，将一个人暮年的体面与尊严撕得粉碎，毫无还手之力。

母亲忿忿道："我要是阿琴，就将太婆手中的碗供奉在灶头，告诉婆母，这要留作传家宝，以后用得上，让桂嫂子自己去忖度。"父亲说："若是此等人物，桂嫂子哪敢放肆如此，妹阿婶不至落到这般境地。"

大儿子去世，小儿子关山迢迢，寄回钱和物又怎样？困在阿尔茨海默病和多种老年疾病中的妹婆，主宰不了自己，更无法完成各种支配。她在人间流徙，像漂浮在一个丧失了坐标系的空间。我第一次认识到生命的艰难过程，像陷入一条流沙河，那么令人痛苦、绝望、孤立无援。

前些时日回老家，陪着老父亲遛弯儿，路上碰到梅姐的儿子。他买了间小屋，从小山坳搬来村里落户了。日子虽然依旧不富有，但他的贵州老婆勤劳贤惠。多年不见，男人沧桑的脸上露出惊喜，亲亲热热地唤我"姐"，硬要塞给我刚拔的萝卜青菜。我接过菜，像是接过了记忆连通器。仿佛听到梅姐那声带着外地口音的"姐"，看见她甩着麻花辫走来的样子。

拎着菜蔬往回走，刚好碰上念佛堂的老太太们"下班"，热情地和我打着招呼。法庆阿婶拔脚回家拿给我两瓶自腌的咸菜："想当年，我们的经文都是你妈教的，你妈妈有文化，看我们念得实在不像样，一字一句教会我们念对《金刚经》《心经》等，还教我们如何合上钟磬木鱼的节奏。"忆及当年母亲费了九牛二虎之力，硬生生将一群念了几十年"色色呗、空空呗"的老太们，纠正为"色即是空，空即是色"的往事，不禁唏嘘。小九阿嫂将我拉到一旁，悄悄问："你妈生日几时？我想念点经文给她，当年，我每天去她那里学经文……"想不到，我那当过食品厂检验员、剧团大衣师傅、小学代课教师骄傲一生的母亲，还以这样的方式被人铭记。

母亲去世将近9年了，她走完了属于她个人的旅程。现在我回过头去看，其实她的有些故事早已超越日常生活的琐屑与得失，它们在时间里折射出光芒，让我思念，回忆，想象，随之复苏类似的情节，填充着没有母亲的生活的缝隙。

嵊州炒麻糍

嵊州人将年糕叫麻糍。做麻糍是冬日里一件极具仪式感和叙事性的盛事。套用一句小茶老师的说法，40多年前的冬天，天冷得气派。在冷得气派的时节里做一件热腾腾的事情，日子便也气派起来了。晚稻归仓后的某一天，像有人扯了下电灯开关般，村里的加工厂开始灯火通明地忙活起来，村户们按小队抽完签，便开始落米浸泡准备做麻糍。一户接着一户，加工厂日夜不停，机器不断吞吐，麻糍像拔节的春笋不断生长，流向各家各户。孩子们的快乐也在心底里生长，他们雀跃着进进出出地吃热麻糍团，并不拘泥于哪一家。用红糖或者腌萝卜一裹，嚼起来柔韧鲜香。哪怕什么也不包裹，也自有稻米的芬芳在口舌间汪洋。最兴奋的是，有巧手的师傅，用"糕花"随手捏出各种兔、鸡、鹅、猪等小动物，好吃又好看。人口多的人家百多斤的做，少的也会做上五六十斤。无论多少，该有的程序一样也不能少。浸泡过的晚粳米肥肥白白、松松脆脆，毫不费力地就被碾成米粉，在蒸笼上蒸熟了，就是芳香四溢的"糕花"，将"糕花"倒进碾压机的"斗"里，很快，下方出口，方形的热麻糍就源源不断地挤出来了。切麻糍的师傅，戴双白手套，坐在边上，挥刀斩成长度匀称的段块。"跑堂"的人端了长条木板，将麻糍排在板上，不断地送至等候在旁的主家边，有帮忙的阿婶阿嫂七手八脚地摊到的竹簟里，一段一段隔着间隙铺排开，免得粘连。一排排、一列列整整齐齐的麻糍，像是节日的图腾，气势十足。等"大气"透过，各家将麻糍挑回家，再在簟上、匾上继续摊凉，算是完成一桩大事。

麻糍，可作省事的简餐，也可登隆重的待客之堂。最简单的是汤麻糍，嵊州人叫"放麻糍"。水煮至沸，放进青菜、草籽、荠菜等时令蔬菜，也可以是笋干菜、雪里蕻、腌白菜等腌制、晒制菜，最好吃的莫过于经霜的乌油菜，或者春天的菜薹。菜梗碧绿，麻糍瓷白，弹点盐花，或者加勺美味鲜酱油，再来一勺猪油，感觉整个春天都在口中山高水长。在一日三餐米饭的四季弦歌里，一餐放麻糍就像一阕清新的小令，让肠胃得以清欢。嵊州惯有正月十四夜吃"亮眼汤"的习俗。《嵊县志》载："十四夜各社庙悬灯，妇女结队同游，谓之游十四，以菜煮麻糍食之，谓之亮眼汤。""亮眼汤"就是青菜汤麻糍，它让食物有了美好的寓意。

大姨娘从南京归来，"接风宴"必定是母亲精心烧的炒麻糍。20世纪七八十年代，在那个车马慢的年代，南京到嵊州要一天一夜。从南京坐火车到上海，上海转车到曹娥，曹娥再转乘汽车到嵊州。母亲到县城北站接了人，再走上十几里路到外婆家。大娘舅早早就切好了一淘箩的麻糍，洗好了配菜，翘首以待了。这一顿炒麻糍，母亲必定是铆足了劲的。先将鸡蛋煎成薄饼，切成细丝备用；接着是炒雪菜，自家腌制的雪菜墨绿中带点金黄，加冬笋一翻炒，香气能飘得老远，起锅备用；然后将切成条、不带水的麻糍放入热油锅，翻炒，炒至软糯，加少许酱油提色，再加入炒好的雪菜冬笋豆腐，加足量水，猛火煮开后调成文火慢炖；待汤色渐稠，次第放入肉丝、蛋丝、大蒜。大铁锅里咕嘟嘟地冒着香气，经过高温翻炒，低温砥砺。此时的汤水细腻绵滑，汤体有一定的黏稠度。汤汁像一件轻薄的外衣，将食材本身的鲜香紧紧包裹。汤底吸收了食材的精华，粥汤样浓郁而丰富，喝上一口，会让人生出"香于酪乳腻于茶，一味和嘈润齿牙"的感慨，简直是人间美味。浸润着山水精华的时令菜蔬，再配以柴火灶，这一碗麻糍无疑是有魂灵的，谁又能忘怀有魂灵的食物呢。大姨娘每次都吃得无比满足，仿佛与故乡唇齿相依的情感立即被唤醒，在鼻尖、在舌尖、在唇齿、在味蕾、在整个身体、血液和灵魂里奔突。那一刻，食物，除了内涵，还有无穷无尽的外延。对大姨娘来说，这碗嵊州炒麻糍早就不是美食本身，它是一缕光、一帧影像——妹妹在灶台上忙碌，弯了脊背的长兄坐在灶前，一把一把地添着柴禾，将一锅亲情煮得滋味悠长。

大姨娘每次回来，都是大包小包、肩扛手提的，穿的，吃的，用的，仿佛她长久的积攒都在为这一次返乡而准备。而走的时候，母亲总是在那只印着上海外滩的灰色人造革拉链袋里塞满麻糍——这在如今看来简直是冒傻气的行为。扛着砖块一样的一大袋麻糍，上下转几趟车，这滋味绝对不好受。但在那些年月，麻糍是一块上等的羊脂白玉，装点着贫穷的光阴。经历过物质极为匮乏的年代的人，最是惜物，大姨娘过日子真正做到了精打细算，尤其表现在对食物的格外珍惜。带到南京的麻糍，很长时间，像观赏鱼一样被养在水桶里动也不动，隔几天换一遍水。大姨娘总是舍不得将麻糍趁新鲜吃，非得等浸泡的水换了又换，甚至发出酸馊味儿时，才挑时拣日地捞出来切上半块或一块。她每次切麻糍的时候，几乎带着一种虔诚，像孩子舍不得将糖果一口吃掉，总是想尽办法延迟着那份满足感。她把麻糍吃得细水长流，吃的早就不是麻糍本身，而是被时间和地点拉扯的乡愁。

我和弟弟自小都寄养在大姨娘身边。20世纪五六十年代，大姨娘从贫穷而飘摇的村庄走出，辗转着在城市扎下了根。她拼命地想把我们从乡土的泥巴里剥离，以一己之力给我们一个"城里人"的童年——事实上，这抹鲜亮的人生底色，如秘密的源泉，不断丰盈着我们的内心，滋养着我们的成长。俗话说："养儿方知父母恩"。抚养孩子是一件多么任重道远的事情，在我自己当上母亲后体会更深。作为薪资微薄的列车员，大姨娘要撑起的不仅是几个孩子的衣食住行，更是工作与生活兼顾的身不由己。就这一点想想，这种无私的母爱是再也没有别人能给予我们的了。列车员跑长途是有补贴的，但大姨娘为了方便带我，就常年跑交通车。那趟交通车是南京西到栖霞山，为方便铁路职工上下班而开，每天早出晚归，还有一部分乘客是沿途郊区的农民。铁路职工乘车免费，农民乘车买两毛钱的车票。我每天跟着大姨娘上下班，坐在小小的乘务室里。小几上放着云片糕或者盐津枣，让我吃着解闷，夏天会有火车上供应的酸梅汤喝。在哐当哐当的节奏声中，绿皮火车像根长长的拉链，沿途的树木、村庄、田野、作物像一颗颗的链牙，每一天的朝阳与晚霞以同一种方式打开。车内乘客的面容都是大同小异，生活在他们脸上循环往复。通常时候我都乖巧地待在乘务室里，偶尔也会憋不住，走到车厢的过道上，乘客们就会逗弄我："你大姨娘将你送给我们喽，今晚带你家去。"我就号啕大哭起来。大姨娘是个十分珍惜工作的人，她是那样热爱自己的岗位，穿着那身得体的深青色的制服，在车厢里不停歇地忙来忙去。但当青春叛逆期的表哥不愿读书闹着要顶职时，不到50岁的大姨娘提前内退，这成了她一辈子的遗憾。此后，闲不住的大姨娘在小区看过自行车，帮人家做过针线活儿。有几年，流行旗袍。大姨娘做的盘扣漂亮精致，针脚匀称细密。她有双绵软无骨的手，这双手将针线活儿做到像艺术品。菊花扣、琵琶扣、蜻蜓扣、盘香扣……，一针一线地缝，就像一颗颗星星，在岁月深处闪烁。大姨娘想方设法地挣钱，又省吃俭用地将每一分钱都用在了我们身上。她从不吃牛羊肉甚至不吃鱼——不知是不是因为长久的克制，而丧失了欲望。每次吃饭，她会将荤菜不断夹进我们碗里，目不转睛地看着我们吃，脸上流露出一种陶醉的慈爱的表情。我只能说这种目光对我的照耀，今生今世也不会再有了。母亲时常说："除了没有从大姨娘的肚子里出来，她把能给的都给了你们。"我幼时多病多灾，十分的纠结碎烦，就连隔壁最喜欢我的玲娣姐都忍不住对着大姨娘喊："丁阿姨哎，这是人家的孩子哎。"言下之意是说大姨娘何苦来哉。

我穿着大姨娘买的上海产的鹅黄色灯芯绒外套，扎着大姨娘托同事从芜湖带回来的丝绸蝴蝶结，走在 20 世纪 70 年代末的春天里，像一幅行走的年画。

大姨娘最后一次回乡是参加我的婚礼。她特地提前一个月赶回来，却在婚礼前一星期的一天晚上，突然中风，被表哥接回南京。我和弟弟两人的婚礼她都未曾参加，这是我们最大的内疚和遗憾。晚年的大姨娘不良于行，只好住在敬老院。疾病困住了她的手脚，让她无法安享有尊严的晚年。嵊州、杭州、南京，我们分居三地，每年一两次的探望，我们安慰的不过是自己自私的心理。我们将她遗弃在了晚年的孤独里。

那天，接到表哥电话，我心里是有预感的，却又膨胀着莫名的希望，就像指向明确却故意岔开的话题。大姨娘去世了，我和弟弟赶往南京，一路上下着不大不小的雨，雨刮器刮不尽的雨水，像要将人淹没。这一刻，我们所有的行动只剩下一种机械的本能。城市的丧礼剥夺了亲人最后的团聚——大姨娘已被送往殡仪馆，而我们只能在家里对着遗像守灵。火盆里一张接一张地烧纸，舔着长了倒刺的火舌，刮得嗓子眼生疼生疼。天空裂开了巨大的伤口，倾倒着绵绵无尽的冰冷的雨水。这南京城是决堤了吗，我们深陷在往事的洪泽中，大姨娘给的那艘诺亚方舟再也不见了。第二天，我们赶往殡仪馆。殡仪馆，是另一个世界的狭窄进口，进入这扇玄秘之门，自有其规则和流程，被安排着和我们见上最后一面的大姨娘已完全是陌生的状态，生与死只隔了层呼吸。一场永远的、真正的离别已经到来，无法回头，没有再见。周晓枫说："从母亲流血的伤口走出来，这个世界首先为我们准备的，是陌生人手中的剪刀。最后的一件礼物，是炉中烈焰。"追思厅里人群三五成堆，悲伤着各自的悲伤。我看见廊柱上贴着奇怪的文字，写着一个成人的骨灰大概多少重量。我想，大姨娘的骨灰是最轻的吧。草芥一样平凡的小人物，却勤劳、善良、坚韧……拥有一切的传统美德。她为我们掏尽了所有，我们却留她一个人在晚年的困境里，孤立无援地作战。贾平凹说："人生的短促和悲苦，大义上我全明白，面对着父亲我却无法超脱。"是的，任何情感在死亡面前都显得毫无意义。这一刻，我只希望死亡不是寂灭。

　　一个方盒子装下了一个人的一生。大姨娘被埋葬在了栖霞山的公墓里，四周是密密麻麻的陌生人。落叶未必归根，一个城市的漂泊者，一块陌生的方寸之地成了人生的终点站。栖霞山像个隐喻，是大姨娘职业生涯的终点，人生轨道的最后居然也指向这里。我无数次回放她的面容和声音，心里升起一种无法言说的悲凉。栖霞山是一块佛光普照的圣地，千年古刹守护着一方净土。我既希望香火有灵，能让大姨娘在清明和冬至的遥祭中跨越时空回乡团聚，再吃一碗嵊州炒麻糍。我又希望她在梵音里忘却故园风烟，不再为亲情披肝沥胆倾尽所有，机杼随心，恣意潇洒地为自己活一次。

糟肉

那一年，弟弟受公司派遣驻新加坡。过年回老家，少不得带点嵊州特产给新加坡朋友尝尝。思来想去，带上了两盒最具代表性的糟货。结果，惹来朋友一顿大呼小叫："肉坏了，都出酒味了！"

其实，糟肉是嵊州的一道灵魂美味。几乎家家户户都懂糟醉，酒店冷盘也必定会推出一些糟菜。越剧《九斤姑娘》里有句著名的唱词："腊鸡腊鸭腊白鲞，糟鸡糟鸭糟大肠。"说的就是糟货之丰富。虽说"万物皆可糟"，但是嵊州人相对来说糟得"规矩"。有位龚姓商人因喜食糟货，开了家"糟八仙"糟货厂——猪肉、牛肉、鸡肉、鸭肉、鸡鸭胗、鸡鸭翅爪、门腔、鱼干等，可做代表。记得鲁迅先生对糟鸡比较偏爱，他给川岛的回信中写道："自觉和灵峰之梅，并无感情，倒是和糟鸡酱鸭，颇表好感。"

糟肉做法简单，将五花肉或夹心肉洗净切成大块，冷水下锅煮熟，捞起控水放至微温，之后均匀地擦上盐，放置到完全冷却，再擦第二遍盐；然后用干净的纱布包裹，放进四壁糊了酒糟的坛子，待酒糟像烤叫花鸡一样全部紧紧包裹，压实，再将坛子封紧封密，静置十来天，让酒糟的味道渗进肉里，便成了。肉不易煮过火，用筷子戳刺即可测知其熟的程度。糟肉启坛食用掏挖后须将其压实封好，慎防霉变，可放置冰箱。糟肉口味醇香，清爽开胃，是深藏功与名的江南美食的写照。取一块切成薄片当下酒菜，或者切做糟肉炒年糕，都是美味。肉类经由酒糟的加持，改变了性状，嚼进嘴里，不油不腻，醇厚缠绵，回味悠长，是一种别开生面、丰富多元的舌尖体验。我喜欢水泡饭再来上一块糟肉，鲜美得格外清醇透骨。美食家陆文夫说："糟货之味比酒更醇厚，比酱更清淡，是一种阅尽沧桑后的淡泊，同时又自然地带有一种老于世故的深沉回味。"做糟货在我们家乡可说是主妇修炼的必备技能。但看似简单，糟肉用的酒糟却有讲究，须是陈年的酒糟，干爽瓷实、糟香馥郁，这样糟出来的食物，才会香气扑鼻。

　　婆婆是个十分聪慧睿智的人。学东西很快，但两样东西她老是弄不好。一样是糟不好糟肉，一样是包不好粽子。但每年，我们家糟货和粽子总是特多。临近年关，她早早就开始侍弄一大堆鸡鸭猪肉，也见她认真地按照流程做，但每次都兴冲冲地开坛，却无一例外地失望。明明是一样的程序，婆婆的糟肉不是寡淡无味就是长了霉点。失望之余她痛惜被糟蹋的肉类，每次都会发誓洗手不干。转年，却又兴致勃勃地再次尝试。不同于包粽子，婆婆干脆利落地外请，她对糟肉始终保持着一腔热忙。糟肉就像个魔咒，婆婆年年走不出这个循环，偏偏年年要亲身入彀。有几次，我试图安慰性地表扬她，却换来她更加热火朝天地投入"糟"货大业，吓得我叫先生出面委婉劝停，先生却说："譬如浪费点食材，由得老人高兴。"

嫁给先生前，整个家庭，完全运行在婆婆多年建立的秩序下，她习惯了对很多事情的把控。婆婆待人热情，也很要面子。村子里谁家有点事情，她都热忱地主动帮忙，因此也给我和先生"兜"来了不少事情。我有时难免嫌烦，就说："你以为自家儿子是市长吗？"她呵呵一笑，下次照样会因为东家长西家短的事情给我们打电话。对别人如此，对自家孩子更是无条件地宠疼着。通常时候她都像只永动机一样，风风火火地操持着里里外外。苦和累都甘愿自己受着，只要她在，我们就是伸手伸脚长不大的孩子——我们总是那样习惯地可耻地享受她的付出。我们习惯了她总是强健热情的姿态，哪怕她其实被"开膛破肚"了两次，与癌魔抗争了十六七年；哪怕她日渐老迈羸弱，身体已是强弩之末。但她呈现在人前的，永远是光鲜美好的一面。就像堂屋桌上的那只果盘，不管什么时候她都会像变戏法一样变出水果干货。在物资匮乏的年代，在贫瘠的乡村，这只琳琅的果盘，带着女主人多少的善意与好客，彰显着多少持家的智慧！或许那个苹果，仅仅是别人偶尔递给她的，或许那几粒荔枝桂圆干，仅仅是亲友年节的馈赠……但她就是这样，用节俭与善良让那些贫穷的岁月散发出温暖的光辉，那小小果盘，撑起的是一个家庭的颜面与门楣！

婆婆行事大胆机敏，不拘小节。且不说早年间也是绍一中的学霸，就是日常言语、办事，总是敏捷而巧智。七八十岁的老人了，丝毫未见陈旧落拓之气，眼明手快、思路清晰且大气沉稳，有时遇上一些应酬的场合，她也从来都是进退有度，丝毫不怯场。——这样的女人，也总是让人心疼。要经历多少的磨难才让自己一生都像一柄擦亮的标枪，披荆斩棘地立于世间！回望婆婆的前半生，少年时代父亲惨死，青年时代第一次婚姻遭变故，和公公结婚后，没过几年光景，不料一针防疫针将健硕的公公打成了瘫痪……每一次打击都像梁柱子砸下来般惨烈，但婆婆像根竹子一样，抖落了满身风雪后，一次又一次地挺直了腰杆。到如今，村里人提起当年老五婶子狠着心肠逼老五叔天天锻炼的往事，还是一脸感慨。是婆婆以强大的信心和毅力扶持着公公重新站起来，一步步重新走进正常人的世界。有时我想，尺有所长，寸有所短。婆婆屡屡在"糟肉"的事情上惨遭滑铁卢，大概跟她大刀阔斧的秉性有关。常年的劳烦，让她无暇专注于一些细枝末节的事情。她不耐于细心地去了解一坨香糟的品性，不耐于去解决香糟和肉类纠缠的一些细节。

婆婆有时也会像个天真的孩子。当年，我孕初期吐得厉害，什么都吃不下，每天只吃一两片番薯或地瓜。女儿出生后，一直由婆婆带到3岁。有一次，女儿发烧毫无胃口，她急得不行，特意赶到菜场去买了几根小番薯给女儿吃。女儿不买账，她苦恼地对我说："想想宝贝在你肚子里时那么喜欢吃番薯，我以为这会儿也该喜欢的。"婆婆就是这么可爱的人。她总是将家人的喜好记挂心头，我喜欢吃一种糕点——红绿纸包着的传统酥糖。这种糕点很少有人制作了，但婆婆每次都会给我捎来一大包，也不知道她去哪里采买了来。最让我奇怪的是，明明是那么窘迫的人，但每次看她花钱总让我感觉到一种腰缠万贯的底气。原来，她是将钱毫不手软地花在了我们身上。

婆婆不记仇。前一刻再怎么急赤白脸，转眼便是云淡风轻。骨子里那么骄傲的人，乖蹇的世事总是压迫得她一次次地低头，大半辈子在坎坷的遭遇中挣扎，在困窘的生活中左冲右突。她变得敏锐，变得隐忍，变得善于变通。但是，不经意间仍流露出一种峥嵘。她乐于助人，也接受别人的帮助，但最受不了别人的轻视和鄙薄，她内心深处有块牢固的盾牌固守着她的尊严。也曾听闻她流传于亲友间几件硬骨头的轶事。但作为儿媳妇，她对我的要求降到很低很低了，总是在大事小情上都对我颇多迁就忍让。总以为，她能强健地活到一百岁。那一天，她打电话让我们回家吃嫩玉米，先生答应周末回去。谁知第二天她就拖了整整一麻袋的嫩玉米来我家。去小区门口接，我和女儿两个人抬都嫌吃力，也不知道她是如何拖上公交车的。那天她没有上楼，我根本没有意识到她已经走向了生命的末端，这是她最后一次来我家。两三天后，她就住进了医院，时而清醒时而糊涂，清醒的时候就赶我们："走走走，你们赶紧上班去，就这点盐水我自己看看就行，我看得牢。"好强了一辈子，任何时候都不想劳烦我们。她不想死，不舍得死，年轻时受了那么多的苦，想着未来还有那么多的好日子等着她去过，她又怎么愿意离开呢。我们也想着她会再一次挺过来，血小板、白蛋白……拼命地输进去，但是她的身子像个四处漏风的筛子，留不住一点营养，病魔疯狂肆虐，生机随着腥臭的血水从她体内流逝。当医生问我："你们准备让她在医院还是回家入终堂？"我才猛然醒悟——原来死神已步步紧逼，我们还自欺欺人地不愿认清死亡的真相，无法从容淡定地接受。

前几天冬至，弟媳妇端上两盘她自制的糟肉，一盘糟狗肉、一盘糟猪舌，味道醇香。我看着在镜框中朝着我们笑的婆婆，想着她离开我们5年多了，想起她始终糟不好的那些日子，心中涌起更多的是岁月的悠长和怀念。

有人说，亲人离世不是一场暴雨而是一场漫长的潮湿。遭遇最初的疾风暴雨般的痛击，是麻木懵懂的——我们还不能认清至亲的人从我们生活中退场的意义。随后的日子里思念，才是如崖壁里渗透出来水，一点点地侵蚀、蚕食着每一根神经。刹那间的回望，不经意的漫想，都像被蜂针扎了般，锥心。他们留给我的无论悲欢，其意义都在多年以后一点一滴地领悟。人生恰如一场筵席，随时光流散，而这一碗人间烟火，终是刻进了我的血脉深处。

　　　　　　　　　　　　　　　　　2024 年 2 月

剡茶生生

一

和文友相约去泉岗喝茶。虽然喝了多年的茶，但其实我对茶的认知，仅停留在玻璃杯里一撮红茶或绿茶沉浮、茶汤鲜美或醇厚的层面。

时值仲夏，到处都是蓬勃鲜嫩的绿，汽车一路朝着大山奔去，气象预报写着高温，但是天阴着，像罩下了一个巨大的琉璃瓶，满眼的绿有如实质，风带来薄荷般的清凉。

覆卮山，很容易让人从具象的角度去理解，其实它源于一个动作——东晋山水诗人谢灵运"登此山饮酒赋诗，饮罢覆卮"这个带点"耍帅"的动作，因此，此山古老而有盛名。

泉岗村在覆卮山半山腰，我们便先奔山顶而去。盘山公路在山谷里迂回盘旋，像写一首回文诗。覆卮山多雾，记得有一次在山顶度假村吃完晚饭下山，一团一团的雾，将路裹得严严实实，车灯完全照不见前路。出了一团雾又进入一团雾，一团团的浓雾好像绕在了山体上，不游不走，让人心慌。只得一个人下车在前面引路，车子跟在后面蜗牛一样爬行，慢慢才走出雾团。此刻风轻云淡，到得山顶，远远近近的山丘，都在前方显露出来，一条一条弧线，像海浪一样层层推进，直到隐入浅蓝色的天际。田野和村落变成了线条和色块，古老又簇新地呈现在视野里，深广地铺展在目光尽头，很像保罗·克利早年的田园画。梯田之上，千亩油菜花早就收起了壮丽的织锦。插上秧苗的稻田，和放弃耕作的旱地，同样用绿色回答一切。绿色之美很深邃，在人和植被的攻守中被调出了最丰富的层次。种了茶树的山头明显较别处浓烈了许多，远处的，干脆绿成盛大的整体，近处的则能看出肌理，那盘旋、上升、延展、错落的茶垄似大地繁复的指纹，又似墨绿色的水纹或波浪。茶山的绿不分是唐宋的还是明清的，它们在香灰土的滋养下就这样没心没肺地绿着，浩浩荡荡、恣意汪洋，和湖水、山峰，抑或千姿百态的树一起蓬勃成最原始最天真的绿色。有山岚散散淡淡地朝峰尖升腾游弋，像泡开了一壶绿茶。

山顶多是矮小的灌木。奇峭冷峻的岩石柔和了面目，山、树与石头交织重叠在一起，天真而沧桑，组成了这个季节特有的语言。灌木丛中的红泡刺藤、绿叶小檗等高低错综，叠加有序。大片大片的一年蓬擎着微雕一样的小花，像在窃窃私语。暑热下，植物们恰到好处地蒸腾出的体香，裹挟着我。每一种植物都有属于自己的时间和生活，呈现出一种高处的宁静，我们的闯入，短暂地打破了它们的宁静，它们轻轻地晃动起身体。这使我想起了西格德·F·奥尔森《低吟的荒野》里的那种宁静。几条石浪，从远古的第四纪冰川时期呼啸而来，穿越了几百万年的时光，保持着狂野奔流的姿态，每一块石头前赴后继，浩荡而行。所到之处，植物让行。几丛金刚藤敬畏地匍匐在"岸边"，默默地兴衰交替。李白说"黄河之水天上来"，山民们也有丰沛的想象力，他们说，这是仙人赶来的一群小猪，生动、玄幻又有喜感。石浪无言，它们从来不追问生命的源头，它们神迹般地将数百万年光阴凝固成这一刻，如同被时间遗忘的处子。时间对于它们没有意义，时间只对人有意义。奥尔森说："……那些古老的树，其中有些早在公元前就存在，在新大陆被发现很久以前就已经成熟，具有历经沧海的宁静。从这层含义上而言，它们不仅仅是树，它们的存在使得作为世间匆匆过客的人类清醒镇静。"石也一样。1600 多年前，谢灵运坐在石浪上喝酒，他易感的灵魂是不是越喝越清醒？

文珍说，村中自古传说石浪下有暗流涌动，她也曾听得水声淙淙。我没听见水声，但我相信她的说辞。这水的声音大概只有静心之人才能听到，像隐遁的禅意。坚硬的岩石有了水声，就有了灵气，有了滋味，有了和尘世绵延不绝的纠缠。一路行来，各种姿态、面目的泉水不断出现，有垂直崩泻的小瀑布，有石涧暗流——从路边一块大石中不断喷涌而出，绕过一座庙宇顺流而下，犹如神迹。各种水系一路攘攘，前赴后继，汇成明珠一样的湖泊，又滋润了那么多的梯田。垂直而下的水，来自神话中的天池，滋养着万物。

正说着，看见石浪下方的山道上有人影往上移动，有背包客正顶着暑热在攀登。对于我这样四体不勤的人来说，这样的精神委实令人敬佩。我们站在高处的大石块上看着，低吟的微风，让心情敞亮。下方的人渐渐接近我们，终于朝我们走过来。这是一帮上海客人，远道而来，见到眼前的山水，显然比我们的快乐增加了几倍。一位客人突然举起茶壶向我们询问辉白茶，他说，有位友人曾送他辉白茶，此行来到辉白茶的原产地，便期盼有更好的遇见。我们指着下方的泉岗村及满山的茶园，让他感受茶在自然里最本真的状态。同为爱茶人，告别时，文珍邀请他们来泉岗喝茶。

我们静静地走在谢灵运曾走过的山道上，时不时被红泡刺藤阻挡一下脚步。看着天上移动的云影，在大地上投影，山岚、石浪、天光、翠色，构成了深邃浑然的气场。万里长风，生命意境仿佛拓展开来，在幽深阔大到无边无际的宇宙中缓缓旋转。人生一世，草木一秋。我看见谢灵运从始宁跋山涉水地一路过来，他的衣袍在风中扬起，我和他皆是一叶茶，在天地这一绿色茶盏里。

　　在覆卮山顶，我先饮下了一杯虚拟的茶。

二

　　驱车一个多小时赶来泉岗喝茶，当然是奔着这里的好茶好水。泉岗村村口有一个大湖，蓝绿色湖水像一块经年的翡翠，缥缈的云雾演绎成烟的轻柔舞蹈，白中透出丝丝缕缕的凉意，它蒸发的水汽润泽周遭的山林与茶园。

　　泉岗多是俞姓，像棵根系发达的大树，隔着时间的长河，家族之间仍能感受血脉的跃动。从某种角度来说，茶人俞芳华是这方山水的代名词。他的茶庄我来过几次，按理说该上他家去喝一杯最新的"泉岗辉白"。此行本没打算叨扰，却因为汲泉水，被俞母客气地迎进了屋内。

泉岗辉白是一款厚的绿茶。眼前浮现出俞芳华厚道中带有一丝精明的脸。碧透的茶叶在玻璃杯中上下翻滚，俞芳华不在，他的故事也像眼前的茶水一样在我心里翻腾起来。

植物，凝结着乡愁。覆卮山的雄奇给了茶树得天独厚的佑护，土壤里的酸碱度、空气里的含水量、海拔和温差，让它有了独特的气质。千百年来，山、水、田、人、茶都在自然的经书里种植。"一粒茶叶抵七粒米"，农谚昭示着泉岗人对于茶的珍重。清朝同治年间，泉岗人完成了人与茶的灵魂交流，炒制出了一款属于自己的茶——泉岗辉白。（此茶以前叫"前冈辉白"，著名茶学家庄晚芳先生在《中国名茶》里又写作"前岗辉白"，后正式定名为"泉岗辉白"。）100多年前，辛亥革命志士俞丹屏先生卸甲后致力于实业，他热爱家乡，将辉白茶带出山，作为上层人物之间的礼品茶。据说在沪上，只有黄金荣、杜月笙之类的大亨才能喝到。茶香渐渐地飘散开来，泉岗辉白走进了更多人的视野。

岁月悠悠，俞芳华28岁那年接过了祖传嘉业，添酒回灯重开宴。到他这一代，算得上第8代传人。一代代的茶人的人生就像一壶一壶的茶，一壶茶有一壶茶的味道。泉岗辉白曾位列中国十大名茶，在1915年拿过巴拿马万国博览会金奖，也因遭战乱，曾一度失传。自小跟着父辈在炒制茶叶的大灶前长大，看着成千上万胚嫩芽经过父亲粗粝的大手，抱缩里藏起往昔的春秋，收敛成珍珠的模样。每一粒都具有巧夺天工的结构，可媲美人类所造的艺术品。俞芳华觉得自己就是一棵茶树，离不开故乡的山水。

他回到村里承包茶园，办起茶厂、茶庄，还修复了俞丹屏先生建造的起祥学校旧址，建成"中国辉白茶博物馆"。前后8年的营建开发都亲力亲为，辉白馆、起源室、茶具陈列室、授艺堂、收藏馆、起茗堂，传递着"清、俭、灵"的茶文化。每个馆室都渗透着自己的审美，都带着珍重的心意。铁木揉捻机、八卦算盘、清代辉白茶罐等老家具、老物件，都精心地展示在馆内，朴素中含着雍容和文雅。"万丈红尘三杯酒，千秋大业一壶茶。"对联虽有点江湖气，却也道出茶中的人生感悟。来泉岗村的人渐渐多了起来，不少老台门被打造成特色农家乐，展示了民俗文化、茶艺文化，茶以外的许多东西相应地溢了出来。

我见过春天的泉岗，大概是世上最清香、最紧张的地方，每道工序都在与时间赛跑。谷雨前后，茶事已进入盛期。茶园里站满了采茶女，挎着竹篓，成千上万根手指，在茶树上弹奏出春天的旋律，整座山被带进欢快、忙碌又紧迫的节奏中。无数的青叶在红红的柴火上轻舞。杀青、初揉、初烘、复揉、复烘、炒二青、辉锅……炒茶师傅将一口大铁锅摩擦得锃亮，像一把出世的名剑。碧绿的叶子下到锅里，随即就有一双手伸进叶子里，满锅的绿叶纷纷扬扬在锅里起落翻滚，好像回旋的龙卷风。焖、揉、推、转、翻、抛……所有的动词在此刻有了具象的意义。杀青是泉岗辉白炒制技艺的一个重要特色，200℃至220℃的大平锅，双手也有了局限，特制的竹叉焖杀，多焖少抛，保持绿茶的固有色泽，维护茶叶的香气和滋味。这种独特的"泉岗焖青杀"，是传统绝活儿，很多老师傅说不出动作要领，但知道该怎么做。很多感觉，来自身体肌肉的记忆，好像只要双手伸进大锅，每个细胞就会复苏，手上动作也会自动成型。揉捻时叶子又被吸到一双手里，叶子迅速聚拢，随着手推动的弧线转动，先重后轻，力把叶子吸紧，松软的叶子很快就团结成一个厚实的球，茶汁外露，条索渐渐成形。上了竹制的茶冲烘焙时，仿佛能听见叶子长长地舒出一口气后，潮气外溢，叶色渐渐转暗。最后的辉锅是关键，最费时费力，双手有节奏地推炒，满满的一锅茶摩擦着锅底，沙沙地犹如雨声。由重到轻，温度由高到低，在时间和力的作用下，茶叶把自己所有的光华内敛成小小的一粒，深绿披霜，像浸透了岁月的风烟。

规模扩大了，茶农也看到了双手的局限。机器打开了新的制作工艺，在更具科学精度的指导下，泉岗辉白日益享誉于它的醇厚清透和绝妙香气。

茶叶似乎成了俞芳华生活中必不可少的一部分，连同老一辈传承下来的坚韧精神，沉淀为流淌在他灵魂里的深厚文化。为了与滚滚向前的宏大历史展开对话，他既坚守老祖宗的手艺与规矩，也有向着未来奔去的闯劲。"形如圆珠，盘花卷曲，浓绿起霜，汤色黄绿明亮，香高味醇，经久耐泡，叶底嫩黄成朵。"——"泉岗辉白"的标志，正在对这一款茶重新做出指认与定义。

玻璃杯里的茶汤橙黄晶亮，入口锦缎似的，烟火气里裹着悠悠的花果香，顺喉咙而下。这一杯茶下去，琴姐感触最深，勾起了她很多回忆。农大毕业的夫妻俩，干了多年的乡镇干部。茶叶专业出身的邢先生，当年为了泉岗辉白，毕业后背着行囊一头扎进了下王这个山区小镇，建基地、育种、病虫害防治……年复一年，时光的脚印在此叠加。年轻的身影在茶山间奔走，让我想起东山魁夷名画《绿色回响》里的那匹白马——受莽莽绿林召唤而来，天生担负着使命，马蹄过处，必有回响。对琴姐夫妇来说，泉岗辉白中有流淌的岁月，有时间与记忆的深度发酵，16年的青春都渺小在那一盏浅浅的茶汤里。

三

泉岗人说，茶叶西湾、茶园里两地最好，这里地势坐西向东，土层深厚，地力肥沃，茶树健壮。站在岗上俯瞰，满眼青绿，是多少岁华堆积的苍翠。层层阶梯状的茶园，茶树都被掬饬成有序而齐整的模样。"前冈大岭头，云雾绕山头。"山岚云雾在茶园里飘荡，将每一丛茶树修炼得骨骼清奇。被云气雾岚滋养过的叶子，是一种灵物，茶芽锋苗挺秀，银毫显露，叶厚芽壮，有了一番说不出的道骨。茶园里的劳作，是泉岗人生活中甚至一生中的一道重要功课，除草、施肥、修剪……，直到春天将万千颗雀舌一样的嫩芽收入囊中。

山里的芽头比平原上的生长缓慢，但更厚实，携带的自然信息也就更多。从一芽一叶到一芽二叶再到一芽三叶，叶片里蕴藏着节令和气候的密码。和正在修整茶园的老农聊起了一点儿茶的旧事："茶叶最好还是老早辰光长在田间地头的，施了土肥，芽叶肥壮。""以前采茶带中饭吗？""带呀。""都带什么吃的？""几块蒸年糕，放点儿菜干，或者带个冷饭蒲袋。"是啊，当我们沉醉于"黄金碾畔绿尘飞，碧玉瓯中翠涛起"时，其实有那么多人为了生活的诗意而付出艰辛的劳作。

茶叶是南方农耕图的重要一页。家乡前山后山的坡地上也种着一垄垄茶树，我想起小时候去采茶的往事。大清早，和母亲戴上草帽，拎着竹篮子，篮子里装条小板凳，带上点心——通常是母亲烤的糯米饼、年糕，或者一些小糕点，还有一壶茶，配置倒像郊游。走出家门，沿途的田间地头早已有三三两两的乡亲在茶地里忙碌。来到中央坞口——我们队的田地大多在此。清脆的鸟鸣从树林间透出来，带着晨起的欢愉。中央坞是个 U 形的小山谷，连绵的小山包环绕着一块不大的谷地，谷底是几片水田，两边一垄垄的茶地斜斜地沿山而上，像画满了一条条的五线谱。此时，五线谱已经标上了高高低低的"符号"——村里的阿嫂阿婶早已开始了忙碌，最勤快的已采了满篮。我家的茶地在山坡的中上段，沿途不时有茶丛后探出的脑袋和我们打招呼。我家地块坎上坎下的毛土阿嫂、樟全嫂见到我母亲，老远就开始喊："婶子，快快，接着昨天讲——"大家便一阵欢笑。

和别人打理得齐整的茶地不同，父亲不善稼穑，茶树疏于剪枝，我家的茶叶都是野蛮生长，参差不齐，地上也长满杂草，不仅产量少，采摘起来也很不方便。母亲和我好半天也采不满一篮。采茶是项枯燥的重复劳动，没一会儿，我便生厌了。母亲是个幽默风趣的人，记性好，善于讲故事。她讲演义，讲笑话，讲民间传奇，绘声绘色，常常引得相邻地块的姑娘嫂子们不愿挪步。欢声笑语在山谷里回荡，像涟漪一圈圈扩散开去，连鸟儿都忘记了鸣叫。很多年以后，一些人的记忆里还回响着母亲的故事。

阳光慢慢地铺展开来，从树缝里漏下来的光有神性。蜜蜂、粉蝶儿开始嘤嘤嗡嗡地响起来，植物的气味像煮熟的汤圆慢慢地浮上空中，这时候往往临近中午。我的心早已焦躁，日头烤得人脊背发烫。山脊像龙一样在远处蜿蜒起伏，万千树木仿佛升腾起绿焰。我感觉时间仿佛是凝固和停顿了，所有的劳作像橡皮筋般一寸寸被拉长。我多么希望被茶叶浆汁染成墨绿的手指，拥有点石成金的魔法。终于，挨到饭点，我们坐到泡桐树下，享用食物。泡桐树撑开肥大的叶片，洒下一片阴凉，泡桐花开得云霞一般，花香厚实得仿若实质，将人团团包裹起来。许多鸟儿叽叽喳喳在树上闹，布谷、百灵、云雀……听着这些史前的语种，像在枝头绽放出一个个小花苞，虽说听不懂，但是却像空山新雨一样清新。这一刻是欢愉的。有时，相邻人家会相互分享一些自带的食物。我最喜欢母亲烙的葱油千层饼，一层层的，像一本册页，折叠着一个主妇的生活智慧。

那时候，中央坞偌大的山谷只住了一户人家，我叫他孝伯伯，长了一双咪咪的小眼睛，很是慈蔼，他们全家都长了同一双眼睛。我常想，晚上这山谷里出没的会是神仙还是鬼怪？当我们拎着篮子下山归家时，就会看见孝伯伯坐在门前的茶树下，端着一杯茶，脸上的表情像泡开的茶叶，在暮色中逐渐舒展开来。

我们村庄种植的大多是坡地茶，用手采摘。诚实、朴素甚至是笨拙的劳动融入其中，更显出茶叶的珍贵。村里的茶叶大部分卖给茶厂，头茬的龙井，也会高价卖给外乡收茶人，根据品相定价格。那时候的春天真忙啊，采茶的人起早贪黑，村口的茶厂通宵达旦。茶树是很慷慨的，能采好几茬，当然越早的芽尖，价格越贵，量也少，还需要茶树精心侍弄。老一点的就做成珠茶，浓香，经久耐泡，也是独树一帜。炒茶机隆隆地翻滚着，揉捻机不知疲倦地转动着，像唱针搭在胶盘上，唱出春天的歌谣。村庄上空，始终弥漫着一股清新好闻的茶香。

多年过去，中央坞像关上了门，进山谷的人渐渐少了。有时我去扫墓，远远地望一眼谷口。阳光的轻尘里，故乡很远，坡地上的人老了，母亲的故事已经锁进了坟墓。我家那些茶树不知道长成什么样子了。惟有那种茶香夹杂着桐花香，又被日光蒸发出来的气味，时常幽微、梦幻地萦绕在鼻端。一闭上眼睛，就回到了童年。

四

老台门旧得不能再旧了，连修葺上去的补丁也旧了，泉岗这种老台门很多。坐在里面品茶，有种"江湖夜雨十年灯"的慨然。茶叶季落市，那口日夜灼烫的大铁锅已经歇火冷灶，茶筷、茶冲、茶匾等工具亦如鸟儿敛起羽翼，停在了板壁上。这些老物什上的包浆，泛着暗红的光泽，像农耕文明的图腾。时间被压缩成薄薄的一块，在写着"俞氏泉岗辉白茶 百年老灶非遗薪火"的牌子上闪着光。这口老灶连同老宅传到了文珍的弟弟忠达的手上，连同着这份手作茶的传承。我仿佛能闻到屋角落、楼板、墙壁缝隙里散逸出的茶香，连板壁缝里的潮虫大概也是泛着暗绿的茶色。

并没有现成的茶室、茶桌。我们"吭哧"着将厢房里的一张老旧的八仙桌从窗户里弄了出来，放到廊下。文珍做足了准备，掏出块青花桌布一铺，茶器一摆，竹编的精致小香炉焚起檀香，仪式感就上来了。她开始一样样往外掏茶叶，滇红、安吉白茶、安吉白茶黄金芽、天目云雾、泉岗辉白、大红袍、金骏眉……让人想起茶叶博物馆，珍贵茶品被装在一个个枫香木抽斗里，应有尽有。像平时写小楷一样，文珍显得郑重又娴熟，对每片茶叶的沉浮和品性如数家珍。我对茶叶素无研究，属于现实主义，虽也重茶叶口感，但平日为了提神，多喝浓茶。至于水和器皿，仅限于玻璃杯泡绿茶、白瓷盖碗泡红茶、紫砂壶泡乌龙茶的概念。

无事此静坐，山中日月长。穿堂风吹过来，清凉舒爽。道地开阔，远远望过去，斑驳的墙头上的鱼鳞瓦像一摞摞古籍。台门打开，像个取景框，将墙外一角的屋檐和竹影纳入镜头中。午后的阳光照在道地里的杂草青苔上，荒芜中透出一种生机，莫名有了一种禅意。昔年二三十个孩子奔跑嬉闹的宅院，如今就剩下四位耄耋老人留守。晾衣竿上的衣衫苍老而干瘪。

品茶宛如操琴，先嗅其香，再试其味，徐徐咀嚼，闭目回味。文珍对茶颇有研究，对家乡茶更有种执念。祖辈传下来的老宅，有茶魂，坐下来，便有种神魂归位的安宁。她并未穿汉服，也未有多余的茶艺动作。但是茶香氤氲中，我竟恍惚觉得眼前的她宽袍大袖，一举手一投足极具古风，这一幕有点像怀旧文艺片。

茶叶在水中次第打开。第一款滇红香高色浓，茶味醇厚。橘红透明的茶汤，如饱满奔放的女子，有摇曳生姿的美感。汪曾祺在《寻常茶话》里曾写道："昆明茶馆里卖的都是青茶，茶叶不分等次，泡在盖碗里。文林街后来开了一家'摩登'茶馆，用玻璃杯卖绿茶、红茶——滇红、滇绿。滇绿色如生青豆，滇红色似'中国红'葡萄酒，茶味都很厚。滇红尤其经泡，三开之后，还有茶色。我觉得滇红比祁（门）红、英（德）红都好，这也许是我的偏见。当然比斯里兰卡的'利普顿'要差一些——有人喝不来'利普顿'，说是味道很怪。人之好恶，不能勉强。"汪老说自己对茶是外行，但他总是有本事将各种味道写得亲民隽永。

安吉白茶叶底嫩绿带玉白色，泡在杯中，极具观赏性。汤色嫩黄清澈，芽锋直立其间，嫩度好，香气清鲜，滋味浓醇爽口，有鲜甜回味。黄金芽相比较而言，茶色清淡，我稍嫌其寡淡。文珍将天目云雾在茶荷里均匀地铺开，让我们闻看，这款邻县产的勾青茶，和辉白茶渊源颇深，其形卷曲，绿的表面覆上一层白色茸毛，好似一群似睡非睡的虫子。"远山眉黛绿"，古代女子画好的眉毛大概是这种颜色吧。绿中有一点儿黑，黑得却不呆板死气，隐有韵致流转。淡绿的茶汤，不惊不艳，鲜爽、醇厚，缥缈散淡处又有云雾缭绕之姿。对于泉岗辉白，文珍肯定更多几分郑重，她分别将机茶和手工茶让我们细品，每款茶标注了出茶的日期。我日常办公室喝的就是辉白茶，端起茶杯，熟悉的茶香袭来。"吾乡既富茗柯，复饶泉水，以泉烹茶，其味大胜。"此刻用泉岗水泡泉岗辉白，便多了种"原汤化原食"的奇妙。叶片在水的唤醒下，很快拥有了自己在山里的样子。汤汁更加清亮饱满，啜饮一口，醇厚爽滑中带着花香，根根芽锋宛若在大雨初霁的山野里游弋的精灵。

我们喝着一款款茶，馥郁的茶香四下弥漫，那独特而美妙的清苦在齿舌间游窜，在我并不内行的品鉴中，仍给我鲜明而丰富的味觉体验。茶杯上悠荡出那缕碧色，一时间将西窗透进来的阳光都洇成了嫩绿，我们似乎变成了在嫩绿色泉水里游弋的鱼，心隅有种酥酥的慵懒。

比起内心，生活的形式是狭窄的。很多人以茶为媒介，寻求内心的宁静和平衡。我曾在一个朋友家喝过一款珍藏30年的"冬雪"，她的家洁净、素雅、简静，茶桌、古琴、榻榻米、蒲团……住在里面像是个与现实面目脱节的人。独居的她，已经习惯用这种看上去舒服的方式回避内心，回避世间所有让人不安让人痛楚的东西。

饮至日影西斜，茶叶渣子堆成了小山。琴姐大呼，不能喝了，晕眩、出汗了，文珍说她那是"茶醉"。这使我想起《崤阪石茶》里描写的神秘诡异、动人心魄的品茶现场。"越是懂茶的人，越不敢轻易侍茶，只有知了面前茶叶的身世品格，才敢上水，因为茶不同，水的温度，水的软硬度，盛茶的器皿，冲沏煮泡的方法都不相同。"一套茶理看得我目瞪口呆。"从来佳茗似佳人"，佳茗之于我，大概如牛嚼牡丹，无论茶禅还是茶味我都无法参悟。而文珍之于茶的准备，像写作一样用心，用一堆意象平行叠加，使文字的诗情宽舒而有层次，却又收口在剡茶的身上。

关于剡茶，记得小时候读到《世说新语》中"剡县陈务妻"的故事，先是被这个鬼故事吸引，那种灵异，像是跳出了纸张，从我的后背脊慢慢爬了上来；再是惊叹于家乡的剡茶竟然已经老到《史记》的程度了，那真是古老的从前。年岁渐长，看到许多茶叶盒子上印着："越人遗我剡溪茗，采得金牙爨金鼎。素瓷雪色缥沫香，何似诸仙琼蕊浆。""爨"字难认，查了才知道，便也知晓了这是茶道鼻祖唐代皎然法师的茶诗。不仅他喜欢剡溪茗，他的好友茶圣陆羽也入剡考察过茶叶，还品评过茶泉，留下了"剡茶声，唐已著"的评语。到了宋代，高似孙在《剡录》中更是详细记录了剡地十种茶品：瀑布茶、五龙茶、真如茶、紫岩茶、焙坑茶、大昆茶、小昆茶、鹿苑茶、细坑茶、焦坑茶；又将剡溪潭谷的水分为十个水品：五龙潭、葛翁井、石门潭、三悬潭、雪潭、偃公泉、亚父潭、紫岩潭、响岩潭、箪潭。前两年电视剧《梦华录》热播，宋朝的茶文化吸引了新一轮的关注度，其中有一款"真如茶"，就产自嵊州。宋代真如茶兴盛，黄庭坚也有诗云："心知韵胜舌知腴，何似宝云与真如？"但真如茶在剡地却失传了。千百年来，生长于这片土地上的人们，已经构建起剡茶的理论与历史，但是，也丢失了很多册页。这使我想起北宋李诫的那本差点失传的"天书"——《营造法式》，某天梁启超把这本书寄给了在宾夕法尼亚大学的儿子，从此开启了梁思成一生的追寻。

这浅浅的一盏汤水太深太厚了。为了喝好这盏茶，从茶叶的采摘到烦琐的制茶工艺，到各种茶艺的表达，以及产生的专供这一系列流程的器皿，人们为此付出了太多的心血。苏轼说："倾身事茶不知劳。"古往今来，多少名人与茶结缘，各种典籍琳琅满目。《茶录》《茶经》《茶典》《大观茶论》……茶诗更是比比皆是。有白居易的"无由持一碗，寄与爱茶人"，有卢仝的"七碗吃不得也，唯觉两腋习习清风生"，有苏轼的"且将新火试新茶，诗酒趁年华"……我却喜欢明代冒襄的《岕茶汇抄》，冒襄这个人除了用《影梅庵忆语》记录与董小宛的爱情，对岕茶也是一生钟情，除了写采茶、蒸茶、烹茶，更重要的是让一些名不见经传的"小人物"留名茶史，比如吴人柯氏、金沙于象铭、吴门朱汝圭等平凡茶人。

我狭隘地认为，所谓的茶文化其实就是人与茶年复一年的故事。前几天，我的同事去一家企业义诊，突然发给我一张照片，上面是一段文字："……古有茶圣陆羽为著述《茶经》入剡考察茶事，又有茶僧皎然'传花饮茗'的美谈，还有山水诗人谢灵运引种茶树的经典先河。今有春力公司名列中国百强茶企，又有'春力号茶叶专列'开启中欧贸易，还有春力茶文化博物馆亮相剡溪大地。"她说："看到这段文字，我突然热泪盈眶，我竟不知道我们的剡茶这么好这么强。"是啊，这个世间有许多人对这片叶子深怀由衷的爱意和深情，他们和茶树一样，扎根脚下的土地，生生不息。作家小茶说："大地苍茫，山高水长。这些事情是真实发生过的。尽管人往风微，尽管走过的辙印已微茫。"

　　这一路，我看见炊烟、茶树、流水……世间的一切，都在生生不息。

2024 年 6 月 28 日

竹上风雅

一

3月的江南，院墙外的龙梅已谢，观音竹苍翠依旧。

鱼鳞瓦、粉墙、漏窗的映衬下，清竹秀逸，风中自带律动；龙梅虬枝寒瘦，风骨自显。左右依墙而立，各如一幅写意小品，显示"诗意的栖居"。

一身布衣的俞田自门内迎了出来。俞田是嵊州竹刻（雕）非物质文化遗产代表性传承人，这是他城郊的一间工作室。一幢四层民居，迎面一张做雕塑的大操作台，熙熙攘攘的大堆工具中间，两尊似佛非佛的半身像垂眸沉浸在自己的思绪中。竹做的扶手像索引，沿楼梯盘旋而上。清瘦简约，触手温厚濡润，竹色暗黄，泛着玉泽的亮光。会客室里木雕、石雕、泥塑、陶瓷、紫砂、竹艺，还有近年来的油画、水墨作品、陶艺人像以及林林总总的小玩意儿，挤挤挨挨站在一起。当然，主题还是陈列架上的竹刻雕作品。

对坐饮茶，竹椅是定制的，清凉苍老，简约端方。俞田说："想做同样两把，但材料难凑。"瞬间便觉身下贵重。甘美的茶汤，禅一样滑入喉间，我们仿佛穿行在长长的竹林中，仿佛能听见竹子的深呼吸。架上的竹雕以各种造型表达着自己，与它们对视，你会惊讶于竹子对万物的包容。

竹子，是人类的密友。从桌床椅筷的日常，到竹简卷帙浩繁的书写。从竹楼广庇天下寒士，到竹杖芒鞋助人生修行。竹子以其虚中洁外、筠色润贞的风姿，扶助着人们的物质和精神的世界。竹艺则让人想到云锦，一种艺术生活美学的极致表现。

收藏家赵汝珍说："竹刻者，刻竹也。其作品与书画同，不过以刀代笔，以竹为纸耳。"人类从使用工具开始，似乎就具备雕刻家的技能。远古时期，先民用刀在竹子上刻符号记事，这大概是最原始的竹刻了。

作为一株葳蕤的植物，竹子注定无法像玉石一样沉默而恒久。因此，大多的竹刻雕艺术品被送回了时空回收站，保存下来的极少。湖南长沙马王堆西汉墓出土的龙纹彩绘漆竹勺，可说是我们见到的最古老的竹艺了。两千多岁的竹勺纹饰精美、榫接巧妙，闪耀着神秘的光。制作的匠人、使用的主人，都已消失在历史长河中。一如其他考古发现的文化遗存，我们想以此对时间之中的人的行迹进行揣摩和研究，其实都是徒劳——事实或许与真相大相径庭。唯有美，仍是直观的、通感的，直抵人心。

更多竹艺的美存在于古书和诗文的褶皱中——我们也习惯了这种若隐若现的浮现。比如古书记载，王献之有一个叫"裘钟"斑竹笔筒，形若钟，斑纹若裘皮，十分精致。《南齐书》载，齐高帝萧道成曾将一件用竹根雕成的"如意笋箨冠"赏赐给当时的大隐士明僧绍。南北朝文学家庾信《奉报赵王惠酒》："野炉然树叶，山杯捧竹根"，说明竹雕艺术已经开始装点人们生活。到了唐代，工艺更趋精美。据郭若虚《图画见闻志》的记载，唐代德州刺史王倚家有一支毛笔，中间刻军行一辅，人马毛发、亭台云水，无不精绝，每一事刻《从军行》诗两句，精致到"似非人功"的地步。按当时的生产力水平，也只有"鬼斧神工"能解释了。而现在，日本正仓院还能见到一支中国唐代竹制的尺八，43.5厘米的一根竹管上，仕女、树木、花草、禽蝶栩栩如生。

宋代是古代历史上文化发达的时期，文人士大夫视竹为精神象征，认为竹子中虚劲节、清高，堪比君子。苏轼浩叹："宁可食无肉，不可居无竹。"文人雅士以此喻德，广做竹刻品，笔筒、笔搁、笔洗、扇骨、储盒……宋高宗时有个名叫詹成的竹刻名家，能在竹片上刻成宫室、人物、花鸟，纤毫俱备，精妙绝伦。陶宗仪在《辍耕录》情不自禁地赞扬詹成："求之二百余年，无复此一人。"

竹艺是人与竹子的灵魂交流，在漫长的历史长河中，它们有的变成珍贵的文物，有的变成了一个名字的传说……但是，有消逝就有创造，有中断就有传承。就像竹子，生生不息。俞田，让我对竹刻雕这门古老的艺术产生了格外的尊重。

二

56 年的人生回望，如河流汤汤，忙于酝酿，忙于奔涌，忙于在前进中保持充沛的活力。人生道路或许平凡，但是艺术之路从不平坦。俞田聊着他这些年来的故事，听着他一路走来像竹子一样，有力地拔节，不断地雕琢自身。

俞田讲得最多的两个字是"喜欢"。俞田出生在一个知识分子家庭，父亲是恢复高考后的第一届浙江医科大学毕业生，母亲在教育局工作。一个体面的家庭可以带给人精神和物质上很大的自由度。父亲爱书法、爱画画，从小耳濡目染，俞田也从小喜欢涂画，爱玩泥巴。中学就读于石磺中学美工班，这是20世纪80年代小有名气的职业中学，老师有著名画家王炳初先生、俞雨汀先生等。俞田在此受到工艺美术的启蒙教育，为他日后的雕刻生涯夯实了美学基础。中学毕业本来立志考浙江美术学院（1993年更名为中国美术学院）雕塑系，专业成绩过关，却因英语6分之差惜败。那个年代，"居民"户口有着十足的优越感，高考失利后的俞田就业、入伍、退伍，又进食品公司工作。

工作清闲，薪资不俗。但过于闲适的生活同样对时间和心境构成侵犯，俞田常觉得心中有无边的空虚。一次，他去剡江工艺美术厂玩，看到琳琅的木雕工艺品，他意识到自己缺失的正是那画笔或刻刀。众人不解的目光下，他停薪留职，拜木雕大师袁水法为师，学习木雕技法。仿佛命运打出了一声号令枪，俞田开始朝着一个方向奔跑。如果用蒙太奇的手法来展现——迎着箭矢般的阳光，年轻的俞田奔跑的每一步肌肉紧绷，矫健有力，身后的白衬衣像一张鼓满风的帆。他是那样迫切，那样如饥似渴，那样焚膏继晷。雕刻、画画、做泥塑，双手在木头、黏土、纸张上不停地抚触，时间被他压缩。3年出师，他3个月就开始上手雕刻。第3年他的月薪已令很多人艳羡。那是20

世纪90年代初期，嵊州木雕呈现空前繁荣，也催生了郑剑夫、吴筱阳、张立人、郑兴国、周扬等一批工艺美术大师，在全国各种艺术展览中屡获嘉誉。而到了90年代末期，许多人纷纷另谋高就或下海创业。俞田却不急不躁，不争不羡，像一枚蚕蛹，将自己沉潜在木雕技艺里，一干就是10年。

2000年年初，俞田开设了根雕工作室，这里成了他现实与梦境交织的舞台。虽然作为谋生之业，也受市场所囿，但他始终没有忽略对于自我内心的珍视、倚重。他目光灼灼，内心在燃烧。从传统中来，又像野马一样，从传统根雕人物的神仙、佛教类题材中突围，俞田的作品涉猎村夫野老、顽童美妇到英雄才子，以至引车卖浆之流、无赖帮闲之辈，渐渐显露出气象。其时，有一位颇有见识的老先生常来串门。某天，他感叹："树根雕不能做啊，子孙米饭都让你们吃光了。"这话犹如醍醐灌顶。"不做树根雕，那做什么！"老先生说："做竹雕。竹子从来都是雅玩的上品，你得先了解竹子的文化、历史。"

一个人的情怀、才气、悟性、灵气是一件复杂幽微的事情，在人生行程中或许还带有点宿命的意味。当年这位绰号"范仲淹"的文士或许也看到了这点，他的点化，导致另一段艺术的缘起。

2004年，俞田将目光转向了竹根雕。

施艺于竹，要熟悉竹的品性。"竹之性，一直，二节，三中空，故为雅器，多以其喻德。"（胡竹峰《临本》）竹子那种澄碧明净、苍翠深蔚的清逸优雅，向来是文人高洁的精神追求。竹艺的表达从来都是谦逊、洁净的，它没有宏大的叙事和坚硬的思想。因取材不同，竹艺雕刻细分到竹根雕、竹（竿）雕，又分为浮雕、圆雕等技法。

我们将目光转向竹艺最成熟最繁盛的明清时期，文人士大夫写竹、画竹、种竹、刻竹蔚然成风。因着清乾隆帝的重视，竹雕艺术受到朝廷推动，更是空前鼎盛，精品迭出，星芒满天。可以看到留青、贴黄、镶嵌等精美的工艺背后的一个个或模糊或清晰的身影。因地制宜，可以看到两大流派在南方如峰峦崛起：以南京竹刻为代表的"金陵派"，以上海嘉定竹刻为代表的"嘉定派"。金陵派竹刻以濮仲谦为首，风格开始简朴，后渐工细。嘉定派竹刻影响更大，创作者多为文人雅士，大都擅长书画，用刀如笔，雅俗共赏。嘉定派的鼻祖朱鹤是一位诗书画兼修的文人，他以笔法运刀法，竹刻雕艺达到了登峰造极的地步。

从木根雕到竹根雕，意味着走上全新的开垦之路。也只有由衷地热爱和底气，才能无畏无惧地从头起步。俞田买来了一拖拉机的竹根，开始"试水"。但直到一拖拉机的材料全部用完，始终突不破那层技法壁障。那些在木雕上熟稔的动词——刻、雕、挖、削、凿……在竹雕上始终不能恰如其分。俞田的韧心和狠劲上来了，整整7天7夜，他将自己粘在了竹根上，完全忘我。3个月后，他摸索出了竹雕的语言，从姿态各异的天然竹根中捕捉灵感，终于完成了第一件作品。而后，又连续完成了"地主""磨豆腐"等六七件作品。一经出来，就被上海客户相中。即使高于市场价10倍的定价，仍被一抢而空，客户催着下单。

然而一个星期后，一通电话令他从兴奋的巅峰跌至谷底："不能做了，竹根雕发霉长毛了，除非材料处理过。"纯天然的竹子湿度高，含有丰富的竹纤维、淀粉等营养物质，未经处理，很容易就霉变了。

竹子，以原材料的身份向俞田发出了挑战。遥想古人治竹，削竹为简册时，为了防止开裂，易于保存，有火烤杀青的工序，谓之汗青。西汉刘向《别录》中说："陈楚之间谓之汗，汗者去其汁也。吴越曰杀，亦治也。"俞田一边查资料，一边四处寻访取经。浙江、四川、福建、安徽……只要有竹制工艺品的地方，他都去，却始终找不到理想的方法，便又跑回来自己研究。他在竹山上建起土窑，水煮火烤，千百次地尝试，甚至花光了积蓄，眼前仍是一片荆棘，找不到出路。谁能想到，一根竹子，看似淡逸平和天然偶得，却有着不甘屈服的灵魂——艺术之路，注定在困境、冒险与突围中前进。

正当俞田彷徨之际，一个偶然的机会，他遇见了上海嘉定博物馆的张伟忠先生，这位资深的竹艺研究人士告诉俞田，处理材料的方法有 10 多种，最好的方法是自然淘汰，但很残酷。最终，俞田决定顺从美学旨意，顺从自然法则，选择了最接近天然但也是最艰难繁复的淘汰法。

那一年，他采挖了 4000 个竹根，为了晾晒，每天在家和晒场间来回搬动，全家人像西西弗斯一样，日复一日重复做这件事。整整 1 年，除了阳光，俞田和竹根还承受了无数道目光的炙烤——常人无法理解这种傻气与癫狂。终于，98 个竹根完成了向死而生的蜕变。4000 比 98！比玉石还珍贵。那一刻，"活过来"的俞田不禁有种"一将终成万骨枯"的慨然，也领悟到张伟忠所说的"残酷"。

三

每年冬至一过，俞田就会进山。

"一九二九，泄水不流；三九四九，冻破捣臼。"大寒时节的江南，一年中最冷的时候。西北风长驱直入，凛冽刺骨。群山深处，竹林在劲风中起伏流荡，犹如一汪寒潭。俞田顶风冒雪地在竹林中穿行，寻觅最适合的那株竹。嵊州是产竹的黄金地带，有着适合竹刻雕的上好材料，但地块稀少。"看山看水看风看土看天象，看竹子大小年。"俞田像个堪舆大师，在山水间跋涉。刚开始时，一整天都是徒劳。

隆冬的竹子，气场更强大。一株自成一帧风景，自成一个舍卫国，自成一个孤独园。深深浅浅的幽妙绿色，述说着年轮之谜。初生之毛竹，竿色油绿，有细密软毛，仿若有丝绒的质感；第2年细毛尽褪，竿色青绿，竹节下出现一道银白色粉环；第3年竿皮呈黄绿，节下粉环转为灰黑并渐至消失；第4年以后，竿上渐生雅灰粉末，皮色变黄；到了7年以上，表皮就变为老黄色。竹根雕刻最佳竹龄在5到7年，竹片刻材在3到5年为佳，做竹家具料则以7年上老竹为好。各种用度的竹材，不仅对时间的要求不同，对土壤和采光的要求也不一。"一根竹子，取上不取下，取下不取上，根节取用各不相同。""做竹雕的竹还必须远避尘世、远离村庄，一旦林中有鸡鸭的粪便，便会影响竹子的品质。"像老农耕作，采料是门顺应天时地利的学问。

"秋冬选竹，隆冬伐竹。"入冬后的竹，竹肌敛缩，质地紧密。俞田挑选好粗细厚薄、节间长短，竹根形态、密度硬度等适宜的无裂无阴皮无虫蛀的楠竹，在上面做好标记，就去请当地的老农挖。一根根竹子赶在立春前，带着使命运往山脚。

经过翻山越岭的寻觅、采选、挖掘，紧接着是复杂严苛的处理。采伐下来的竹子，要处理及时，不然会"闷"坏。清洗、去根、挑选、12 小时以上的水煮，然后静置室内，经见光不见水的四季温养。晒 1 年，藏 2 年，竹子去除燥湿之气，变得绵糯。直到第 4 年经再次遴选，方可用于雕刻。此时，一根竹子汇聚了金木水火土，它在抱缩收敛中藏起往昔的春秋，回归本和，一如人生五行，尽在其味。

特制的玻璃房里，摊晾着大小不一的竹根、竹节、竹片，正在和光同尘地蜕变着自己。

"其实几年下来，存下来的料，我一个人做的话这辈子都做不完了，但是不去走一遭，心里便空落落地发慌。"俞田习惯了每年上山，这是自然的馈赠，他要以最虔诚的姿态去迎接。在无数次交流中，他读懂了竹子的歌吟，懂得了尊重。他最大程度地保持竹材本真，不让任何添加剂破坏竹子的颜色、纹理、质地。竹材干净、细腻、柔滑、润糯、透亮。摸着它的肌理、体温，感受它的时间、温度、硬度、韧度，隐隐有美玉的光华。竹子静下来，物成为物本身，沉淀为时间的形式。

竹雕是雅玩之物，能砥砺其志，修洁其身。俞田说："我做的是良心活儿。不管是进博物馆、进文人雅室还是自己留存，我都要对我作品的品质负责。"俞田对竹材处理形成了独门手法。竹雕的价值除了工艺本身，还有材质的金贵，治竹本身就是创作的一部分。物的品质需要由人的品德来保证。有人说，品是趣味和审美，德是态度和操守。俞田自有艺术家的诚恳和尊严。即便收藏下来的材料，俞田还要再次精选。这些年，他的作品常被市场上模仿，但除了形似神不似的工艺外，材质是难以超越的差别。

握刀为犁，耕耘竹上。一件竹刻雕作品创作问世，少一个月，长则数年。一刀一刀，一厘一寸。饱含着沉迷艺术的无悔、抵御诱惑的坚定。身怀一腔忘我的热爱，俞田有难得一见的纯粹，他的作品气息独特。2008年开始，俞田的竹根雕作品连续4次入围中国嘉德现当代雕刻艺术专场拍卖，皆以不菲的价格成交。上海博物馆专门跟拍了一部纪录片存放于博物馆内，以作为今后研究竹刻工艺的重要资料。"一年只能做几件作品，都被预订一空，身边根本留不下好东西。"俞田说。他的创作整体保持在从容的状态，严谨自律之下，难觅失准之作。他希望平心静气、不急不躁地把作品做到趋近完美，而不是在追求多快好省的利益极限。俞田心境淡泊，一生中能雕刻的终究有限，他更在意从中获得的乐趣。随着作品影响力的不断扩大，俞田开始思考：无论是治竹还是雕刻，能为后人留下什么？

竹雕细活精工，太磨砺人了。几年来，俞田带过一些徒弟，但一些人坚持不了就半途而废了。俞田说："学竹雕者不仅要有天赋、肯吃苦，更要心思缜密，耐得住寂寞。"市场的潮汐，环境的改变，观念的更新，没有可观的物质回报，还有几个人愿意沉下心来，默默地研习一门古老的手艺？

"千磨万击还坚劲，任尔东西南北风。"郑板桥以竹言志。竹艺之路，除了以热爱为底色，当有此不移不屈的古典精神。

四

满室的竹料，部位不同，长短不一，年岁参差，出生地也不一。

大画案上，一排排，长长短短、大大小小的刀具，房间里若有似无的清淡竹香，飘忽不定。

俞田坐在工作台前，慢慢举起那双劲健的手，操起各式工具，将他们混沌的面目一一凿开，或衣袂飘飘、发髻高盘、或怒目金刚、力拔山兮、或小如蝼蚁、灵动巧妙……俞田将自己的心住进竹子里，他在里面目睹万物生动。

万物都在竹子里，在蠢蠢欲动，或作展翅欲飞，或作静默端庄，或作遗世独立，或作红尘热恋……一双手一把刀，从里面找出存在的物的形象——所有的巧夺天工只是把藏在里面的东西找出来而已。哲学、神学、美学不是虚无的概念，它有时候具体到一个造型艺术的最细部——眉、眼、手、发丝、羽翼，让你在与它的对话中体验传达的意境。

竹雕多是小器，但大小只是空间形式、物质形制而已。一器之微，往往穷工极巧，精雕细琢。比之根艺的随物赋形的雕刻方式，竹雕似乎多了自由度。对比度拉开，空间感增强，体现了高度概括的艺术造型能力，俞田称之为"面面不到面面到"。小形态、小丘壑，给人的不是惊呼震撼，而是暗暗叫绝，细细把玩。壶中藏日月，芥子纳须弥。一个艺术家在小的空间上构筑、表现，要延展出言外的意境，需要技法的力量、审美的涵养、表达的分寸，才能使人感受凝练之美、小中见大的意境。"有限的空间里有无限的想象。"竹雕的表达不是直白的，而是含蓄、点到为止。那些涓涓不绝的悠长意味，如丝如缕的幽微之美，无所谓震撼震惊，似乎寻常之至，但一颦一笑、一顾一盼，皆含蓄有味。

周晓枫说："艺术家犹如小神，他创造出一个令人信服的彼岸世界，让我们信任、沉迷且向往。"创作一如其人，天赋、学识、修养、审美等的厚积，俞田的创作在顺应竹子的本性和肌理的同时，内容和形式上更强调自我，多有超现实的神性表达。竹子的圣洁，人们想到神的面容。俞田对神、佛的具象或者接引，不在庙堂上俯视，不需要顶礼膜拜，更在表达志趣禅理，可以陪伴左右，无声教诲。作品《合和二仙》，气韵流畅，和谐生动，从衣袂的流纹到荷叶的根茎，每一根线条都显得宁静亲和。《哼哈二将》夸张了脸部，鼓目阔口，曲线格外饱满生动，张扬而庄重。神佛本无相，以众生为相。俞田对门神的多种表达，就体现了这种禅理哲思——一手拿钥，一手拎匙，只有人物轮廓，没有面相。暗讽进门不讲情面，唯有拿"孝敬"叩门的世故。或作孩童状，天真懵懂，表达出门对世界的好奇、无畏和探求。

俞田刀下的美人风仪远离了木气、匠气，干净温雅。比如《琴棋书画》，仕女们高髻云鬓，姿态悠然，裙袍曳地，疏朗娴静，仅仅借了那么点"仙气"，味道就出来了。《贵妃》则形美而悦目，脂润肌满，气韵生动，风仪款款。《谆谆教导》——俞田用一种精致、优雅的情感支撑起一个饱满的视觉世界，用最细腻的笔调将母爱表达得丝丝入扣：母亲俯首的温柔和稚儿仰望的孺慕，母子之间流动着温馨高尚的乐感，让人想起安东宁·德沃夏克的《母亲教我的歌》，心灵与之共鸣。

俞田观察细微，表达上也不会粗枝大叶，在细微的笔调中流露实在的内容——细节总会在人们耐心把玩时显示出充分的力量，满足人们探魅的需求。例如：笔筒上的蚂蚁，形体饱满，纤足毕现，每一只唯美得像精灵，小而微的躯体里蕴藏着巨大的灵魂，蚁否？人否？一种寓意在笔筒上交融流转，给人无穷的联想。这种雅趣天成，让文字贫弱。

俞田刻画民间艺人，吹唢呐，打鼓，汉子们袒胸露腹、发丝飞扬，激情澎湃。根须缕缕，充满玄机，只有深谙其美的人才能轻车熟路，手到擒来，解读得亦庄亦谐，惟妙惟肖。

《逍遥游》中一个古代的老者卧骑着青牛，牛背上挂着一壶古代的酒，缓缓而来，慵懒恣意——我们已经在想象，从何处来，到何处去？《鹅司令》，高举竹梢的稚童，两只引颈曲项、追逐嬉戏的大白鹅——画面率性天真，喜庆可爱。岁月如流，童年如歌。《纳凉》，一张竹椅，一把蒲扇，瞌睡的奶奶——当一个人，被庞大的日常细节所淹，眯眼小憩是个惬意的顿号，这就是生活的味道。《再来二两》，一张酒桌，三两人生，不见陈腐，世故人情尽在其中。俞田说："一件优秀的竹雕作品，雕刻之妙远非全部，器形、线条、比例、口缘也是关键的一环，这些都是审美愉悦的来源，也是用心着力之处。"传统的民俗题材很容易油滑流俗，俞田的造型却始终意趣盎然，意象超拔。

当一截竹根变成了人，就变成了《两小无猜》"投我以木瓜"的天真，变成了《新嫁娘》的甜蜜，变成了《狗眼看人低》的市侩，变成《孔乙己》的耿介，变成了《磨剪刀》的沧桑……"门前有两棵树，一棵是枣树，另一棵也是枣树，这另一棵是想象。竹雕还考量品鉴人的修养。"与俞田交流，颇见知识的积累和领悟的慧心。他优游不迫地表达着对生活、世象的观察和思考，使这项传统艺术呈现出独特的东方美学神韵。他的作品屡获国内大奖，2007年作为中国珍宝走出国门，赴墨西哥等国巡回展出。

　　这几年，俞田不断地游走，山西、陕西、西藏自治区仔仔、福建、四川、吉林、辽宁、甘肃……，莫高窟、云冈、龙门、麦积山等地的石窟，乐山大佛，龙门石窟的卢舍那大佛，霍去病墓前的石雕，西藏的唐卡、山西浮山的剪纸……一路走一路看，跟当地的手艺人、文化人、修道人、普通的老百姓交流。行万里路和读万卷书一样重要，深入地理物候、百样人生，能拓宽我们的感知空间。华夏大地上这些丰富的文化宝藏给俞田无限的滋养，无论是雕、刻、剪、画……都带给他无限的感动。民间多奇才。很多地方，几十年上百年的技艺经验凝练成独门"口诀"，以家庭、家族的方式一代代传承。越深入，越觉深邃博大。中国人讲究走"心"，以心换心，俞田将内心的感悟和心境体现在创作的作品上，意蕴更丰富，气息更平和。

　　秀逸、清雅、率真、醇和、端庄、诙谐、圆熟、爽利……这么多美，都是仁智之见。俞田的竹刻雕作品，清新自然，拙朴中透着灵气，圆润中窥见锋芒。无论端庄典雅还是清新烂漫，法度严谨还是恣意汪洋，都表现出一种自在的生趣和诗意，体现出一种竹的精气神。他身上有一种艺术家的静气和痴狂。除了外出游学和朋友聚会，他就窝在工作室里雕刻、画画、做雕塑、做陶艺。他的创作状态常常是"忘我式""入定式"的，进入"我就是竹，竹就是我"的与竹同频共振的境界。俞田认为在竹片上"刻"，是修行的方式，平和、安静、内敛、优雅。在竹根上"雕"，是情感的表达，一斧一凿，遒劲而酣畅。每一步他都在修炼自身。他揣摩汉画像砖、魏晋造像，也阅读西方美学，罗丹、贝尼尼、摩尔的雕塑，阿里的油画，基弗的当代艺术等。在雕、刻、塑中不断调整、修补、更替，推陈出新。将传统的雕刻技法融合雕塑、陶艺等手法，丰富、发展和创新了竹根圆雕的造型语言，开创了现代竹根圆雕艺术的先河，具有强烈的美感和现代风格，极富江南雅澹之韵。尤其是竹根圆雕人物的创作，迹简意周，风雅入骨，自成一派。

　　罗丹说："雕塑的静止，其实是对永恒的谦逊表达。"所有的叙事并不宏大，却圆润通透，每一次的雕凿并不猛烈，却深邃锋利。俞田是最懂竹子的人，他们"相濡以沫"，彼此气息交缠，意韵融合。历经时间和水火，涅槃而来的竹子，清新润糯，如婴儿的肌肤。俞田的慧心领悟、玄机解读，让其成为另一种形态诞生——像春天的一场约会，无数物都在赶来的路上。

写到这里，我不禁也像俞田一样，想踏看一下生长出这棵瑰丽的竹雕之花的土壤。两千多年建城史的嵊州，古称剡，有许多声名赫赫的文化遗迹岿然故我，默默地显示着这一方山水人文辞尊居卑的富丽。中国最早的雕塑家戴逵就曾隐居剡中。戴逵是中国美术史上冠绝古今的人物，《世说新语·巧艺》《历代名画记》上盛赞他"词美书精，器度巧绝""善图圣贤，百工所范"。此人"幼有巧思，聪悟博学"，堪称神童，长大后更是善属文、能鼓琴、工书画，声名远播。东晋的一个雪夜，王子猷来访戴逵，为中国文学史贡献了一个"乘兴而来"的成语。戴逵品性高洁，性情放达，是极具创造力的艺术家，他在雕塑上的改革，使佛教造像有了审美的感动力。

戴逵以丰沛的才情、充盈的想象力，以自身作文本将这块土地点化出绚烂的艺术光辉。他留下的精神的浆汁，随时间不停流淌，喂哺了一代又一代后人，滋生了根雕、竹编、泥塑、紫砂等民间工艺，让嵊州这片土地更加深情而锦绣。但任何创作状态都映衬着时代，许多非遗传承属于"慢"生活，难免受到时代节奏和商业潮汐的冲击和淘洗。产品可以量化，但艺术的生动还在于无数次抚摸下的灵性。我想起《竹人录》里的故事：庄绥纶年40余不娶，绝无艳冶之好，偏偏喜欢竹刻的美人。正是这一生的钟情，这种高贵的孤独，才让一个创作者穿越平凡，抵达极境。传承，不仅体现在技艺，还有精神。

当俞田一千次、一万次拿起刻刀挥起凿子的时候，他也就成了一根瘦劲孤高的竹。

2024 年 3 月

耄耋乡村

　　乡村公路在我眼前不断伸展，几十年间我无数次往返其间。路在不断地变身，适应着时代的步伐，而我却觉得它像一根日渐松弛的橡皮筋，那头的父亲日益苍老。

　　父亲照例是坐在堂前的藤椅上，面前的圆桌上整齐地摆放着报纸、书籍，格子桌布干干净净。便签上，父亲苍劲的字迹，将一个乡村书法家的功底很好地呈现出来。居中的条桌上，电视机正热闹地播放着。阳光穿过天井斜斜地照在父亲的身上，父亲整个人被一层光笼罩着。天井里花草葳蕤。日光是长了脚的，它从西厢房的白墙壁上爬上来，从一根廊柱移到另一根廊柱，又慢慢地消失在瓦楞那头，黑夜将幕布拉上来，一天就过去了。花草是季节的图谱，兰花从早春起个头，轻轻浅浅地开罢，齐屋檐的一丈红和硕大的绣球花就将夏天点燃了。等到秋风渐起，草木凋零，沉默了大半年的菊花，像个季节的信徒，开始在阶石下次第开放。虽然缺少梅花来画个句点，四季却仍然循序渐进，走完历程，一年就这么过去了。时间在这里仿佛是浓缩而聚焦的。

白天的堂前是不寂寞的，云波叔、国浩哥、再平叔……手上捏个茶杯，进来陪父亲唠嗑上大半天。这样的聚谈总是和乐而自在，让父亲感到充实。有时候，台门一响，谁家送来了刚挖的青菜萝卜，端来了刚磨的豆腐，新做的乌榄面……我的老父亲正被乡情妥帖地照顾着。

总以为日子就像阶上的苔印，是深潜的沧桑。庚子年的疫情，却爆发出海啸般的震慑，那呼啸而来的声音，仿佛是波诡云谲的命运所激荡出的苍老回响。疫情直见生命，一场面对病毒病菌的战役，成了一件人类生存史上的宏大叙事。我蓦然发现，在这个世界上死亡是如此自然，生老病死只是生命一般意义上的规律，天灾人祸随时可能中断这个规律。世事无常的背景下，3个乡村小人物的离世确然幻如泡影。然而，就像慢慢拉近的变焦镜头，正是这些小人物的命运遭际，仿佛一出出浓缩的人间悲喜剧，让我感觉到光阴像一根根利箭，带着戾气，带着刻度，指向衰老，指向死亡；很多时候时间都悄无声息，但流着、淌着，到了一定的时候，它会用具体的形式表达出来——而这种表达充满着忧伤。

一

我刚刚在"工"字形苏式建筑的小学操场前刹住车，脚还未从驾驶室跨出来。长福哥就一边叫着"侬回来啦"，一边朝我走来。这样的举动，对于他来说，是很突兀的，多数时候他揣着双手，远远地立在操场边，瘦小的身影像根干枯的玉米秆。这次他径直冲到我面前，直愣愣地开口："我孙子车票买好了，明天上午回深圳。""——噢，孙子回去啊。"我一边漫不经心地回应着他，一边转身去提车上的东西。他的目光像长了吸盘，紧紧地追随着我，随着我的动作而挪动着身躯。"孙子在深圳做馒头，这次回来奔丧，喏——，伊父亲也就是我的大儿子死了呀！"说到最后一句，声音像走音的二胡，陡然变了腔。我猛地停住动作，抬头看着他。他照例顶着那灰突突的线帽子，帽子下是那张干瘦、木讷的脸，像颗风干了的枣子。浑浊的双眼挤在沟壑纵横的脸皮上，要哭不哭地看着我，几乎和鼻子皱在一起的嘴皮，不停地颤抖着，连带着整张脸也像风中的落叶般抖动起来。他兀自对着我诉说起来："我那儿子死了呀，那天中午，伊从蛟镇接了伊孙子到家，坐在沙发上就这么去了。亏得我那重孙子年纪虽小，但机灵，看到爷爷一动不动，跑到隔壁叫来英子她妈，但是叫过来人就不行了，转眼的工夫就这么走了，才66啊……"说着说着，他有点崩溃。"是我活得太久、太长命的缘故啊，他们都这么说我……"我讷讷地看着面前这个老人，厚厚薄薄的几件棉袄、马甲叠加在他干瘦的身躯上。岁月仿佛蒸干了他的养分，干瘪得连泪水都流不出了，那干涩声音，如同沾染了满地霜华，凛凛然，如寒风般卷过来，穿透人的骨髓。那浑浊的目光，像荒郊枯野上苍茫的暮色，沉寂又悲凉。

我苍白地劝慰着，无措地看着他饱经风霜的脸。我知道，我的任何悲悯和体恤，都仿佛隔靴搔痒，抵达不了他真正痛楚的内心。幸而，他很快收敛起情绪，让开了身子。我回到家。说起长福哥，父亲说了句："太老了，似乎也不见得伤心了。"我不以为然，想起刚才那张崩溃的脸。时间能抹平沟壑，并不能抹平他核桃般褶皱里所储存的舐犊之情，那是切肤之痛。

95岁的长福，已然四代同堂，辈分却很小，我叫他声"哥"已属尊称。他生有两子五女。说起来也是悲哀，小儿子在20年前的一个夜晚，睡梦中走完了他39岁的人生，像一部放了一半影片，戛然而止，未曾娶妻生子。大儿子倒是早早就当上了祖父，娶的是自己的姑表妹。自己嫡亲的外甥女当了儿媳妇，却从一开始就埋下了龃龉，一直和长福过得磕磕绊绊。在他们几十年漫长的对峙角力中，岁月也在不断变更着它的砝码，以至于老了的长福完全处在了下风。老伴儿走得早，幸好5个女儿贴心，轮流回来探望。老年人生活简约，所需的不过是一箪食一瓢饮，剩下的缝补浆洗，自有邻村的大女儿来补缀日常，但日子难免孤清。

也得亏长福自身争气，90多岁的人了，耳不聋眼不花，腿脚灵便。自己用电饭煲煮一日三餐。人老了，肠胃也素净。早上半张榨面、半张豆腐皮，或者打上一个鸡蛋。中饭、晚饭都是米饭，蒸上一块豆腐，拌点面酱，就是下饭菜，每餐饭必比别人提早一两个小时。6点就上床睡觉，仿佛日复一日就为了赶这三餐。而事实上，长福的日常也就剩下两件事：一件是吃饭，一件是睡觉。长福整天不停地在村子里转悠，如果也给他带上智能计步器的话，每天必定不少于15000步。他的兜儿里常常揣点饼干、蛋糕，有时是切成丁或者薄片的苹果。边走边摸出来吃，瘪塌塌的嘴不停地蠕动着，有滋有味。但我每次递给他糕点水果，他总不接，硬塞到他手里，也是站起来客气地将东西放回桌上。长福爱往人多热闹的地方凑，香樟树下小商贩拉来了什么货物，隆庆桥头有人拍什么电视剧，农家乐今天来了几桌客人……各种消息，他总是第一个"灵到市面"。虽也有人嫌弃他老迈冬烘，说话难免粗糙难听，但大多无恶意。他便呵呵地毫不在意，照样往前凑。每隔会儿就转悠到我家堂前，将兜了一肚皮的消息像倒瓜子花生一样，悉数倒给我父亲。倒完了，坐不了几分钟又站起来开始出去转悠。每天，他起码得从我家进进出出五六趟。父亲对于长福爱去扎堆儿的事多有鄙薄，但又习惯了他每天这样时不时地来转悠。一天没见着他，第二天必定会惦记着上他家看看，就怕出什么意外。我就说："他这样好，转悠是锻炼腿脚，扎堆儿可以预防痴呆。"于是，父亲就常常意味深长地说："长福哎，侬活到100岁没问题。"

长福记忆力惊人。凡是村子里谁谁谁哪年哪月哪日去世的，去问他，一准能准确地报给你，哪怕是几十年前的人，仿佛这些都是他脑袋中的账本。有人不信，屡次去试，他从未叫人失望。其中也包括我从未曾谋面的祖父的故事——"那是1948年七月初一后半夜，早稻都还没割，只有你家割回了几担……"他清晰地说道。坐在我家堂前，七八十年前的旧时光就像阶石上那层厚厚的绿绒似的苔藓，长福的讲述，使得这些苔藓突然枝节脉络分明起来，像是打开了微焦距镜头。这个时候，长福干瘪的脸上透出安详，使他看上去很像一位智者。

"生死都是命，让侬活的时候侬死不了，让侬死的时候侬活不了。"长福概括道。这使我想到《望春风》里拾狗粪的老头说："有些人看着要死了，偏偏死不了。而另一些人，活得好好的，没病没灾，说死就死了。本来活蹦乱跳的一个人，一眨眼的工夫，就蹬腿翘辫子，这样的事，我见得太多了。"我忽然觉得，眼前的长福风干了岁月的脸上，每一条皱纹都带着哲理。

长福是个眼界很高的人，懂得审时度势地在乡村不甚分明的阶层落差中，谋求最好的生存之道。从青葱少年到耄耋老年，在橄榄型的人生两极，他是我家堂前的常客。只不过与他对坐闲谈的主人已经从我的祖父换成了我的父亲。堂前——屋——村庄，本质上都是一种生活的容器、一个时代的缩影。它们彼此之间尽管有着外在形态上的差异，但其中展开的内容，却没有什么明显的不同。生老病死、兴衰荣枯，人生这一场戏剧中的不同章节，在这里也像任何别的地方一样，轮番地上演。我不知道这看似史诗般长途跋涉的 90 多年光阴，于长福是否就像一场浮薄不安的梦境——人活得太久，就像遇仙归来，红尘已然时移物换，环睹萧然。

父亲经常问他："曾孙喊侬吗？"长福满脸干果一样的皱纹奅拉了下来，砸吧两下干瘪的嘴皮子，两只手抄在棉裤兜里，慢慢地说："有时叫，有时不叫。"其实对于曾孙来说，长福像是一位站在时光源头的老祖宗。失去了聚族而居的乡村，年轻人去了遥远的城市谋生，与家乡山河暌隔。从曾祖到曾孙，中间隔了祖辈、父辈两代人，就像隔着星空一样遥远的世界，是一对有着血缘的陌生人。对于不断向着未来奔跑的孩子来说，背后久远的曾祖或许仅仅是一张发黄的会移动的相片，但对于长福来说，这是他这根藤蔓下不断延伸的希望。

　　暮年岁月在缓缓流逝，就像日光在堂前慢慢地移动。那台32寸电视机，每天播放着热闹的画面，带来外面世界的辽阔和浩瀚。父亲离不开老屋，又深感寂寞，他渐渐变得难以忍受热闹，也害怕孤独。过年，接他到我家，弟弟一家也从杭州赶回来，两家人一起热热闹闹地陪着，这在他是最快乐的。过完年，生活恢复原来的轨迹，上班的上班，上学的上学。父亲就急着要回老家。但是近年来，他却说："不知怎么的，住了这么多年的老屋，夜里居然也感到害怕了。"走过了无数个白天和黑夜的父亲，对黑夜竟然产生了畏惧。夜晚暗藏了凶险，令人生疑，寂寞被无限放大。周遭的世界忽然变得像无边的海水一样虚妄、脆弱、深不可测。曾经鸡飞狗跳地充满生活嘈杂的祖宅、村庄，变成一座巨大的坟墓。许多熟悉的灵魂开始出来窃窃私语，各种光怪陆离的梦境让人堕入无边的挣扎。寂寞的深度是无底的，我明明看得见，却拯救不了。"侬晚上做梦吗？我经常整晚都是夜梦颠倒的。"父亲总是这样问长福。"梦么总有的呢。"长福每次都淡淡地说。父亲总认为长福的感知已经被岁月打磨得粗糙而麻木。其实，就像个孩子。不过是因为诉求无人聆听，渐渐就丧失了倾诉的欲望。无端地想起木心的一句话："现代比古代寂寞多了。"

"再有闲话嫌侬活得太长命，不要理会呢，有吃有穿多享几年福去。"父亲总是这样劝慰长福。"活得哇（能干）死得快，也是种福气。"长福总是这样回答。对于这些跋涉了大半辈子的老人来说，跌宕起伏、枝蔓婆娑地过了前半生，清闲自在的晚年生活虽好，却到了考校体能的时刻。或许死亡本身并不可怕，可怕的是奔向死亡的过程。要是瞬间摆脱一切尘劳，长眠不起——就像睡过去一样，未尝不是一种福分。经历了两次丧子之痛的长福虽有釜底抽薪的虚空和隐忧，他却总这样安慰着自己，又如此祈盼着自己的未来。

二

踏进村庄，穿过各种熟悉而温暖的市声，便见我家的后院墙将那条窄窄的村巷撑得悠远深长。沧桑了200多年的祖宅老了，蛮石砌就的墙体有些凹凸变形，像一篇佶屈聱牙的天书。

顺着院墙拐个弯，再拐个弯，就绕到了前门。当我拐第一个弯时，斜对面的路口总会冷不丁地传来响亮的一声："小美，侬归来啦！"侧头，便会看到阿珍坐在门口，眯缝着细长的眼睛朝我笑。有时候，阿珍手上慢吞吞地剥着竹笋、毛豆，或是捡着菜叶子。更多的时候，她肥大的身躯，松垮垮地坐在小板凳上，支棱着手臂发呆。有时候她会添上一句："侬老公呢，侬囡头呢——"总以为这样的笑容是一成不变的，上天欠缺了她智力，会让她无忧地留住岁月。但是有一天，我忽然发现，她单纯的笑容漏风了，缺了牙的嘴巴，像隐藏了一头时光的猛兽。那头永远乱蓬蓬的头发，也添了霜华。渐渐地，不是每次都能看到阿珍的身影，听到她欢快的大嗓门了。她坐在门口"望世相"的时间慢慢少了，表情更加木讷，仿佛上天正逐渐地替她关上一扇扇的窗，让她对人世流变的感知和反应越来越迟缓了。

紧邻阿珍家，住着的是汀伯。汀伯是个鳏夫，长年戴顶洗得发白的蓝布解放帽。这使得他既遮掩了满头的癞疤，又彰显出一种身份来。据说，汀伯是第一届义务兵，退伍后在乡农机厂上班。每天穿身发白的蓝色卡其布制服，骑一辆二八自行车往返于家和玄坛庙之间。印象最深的是他的满口银牙，和一双骨节粗大、满是皲裂的手。指关节经年缠着一圈圈白色伤筋膏药，像戴了满手的扳指。汀伯性情孤僻，鲜少和人往来。他的手很巧，一有空暇便坐在门口，膝盖上摊块青布围裙，操着刨子、锯子或锉刀、篾刀等家什叮叮当当地忙乎着。小时候喜欢站在他家门口，也不敢进去，远远看他像变戏法一样，挥动着大篾刀，三下五除二将一根竹子变成一堆竹条，竹条又变成细薄的篾片，篾片又变成篾丝"嘶嘶"地扯出来，脚下的刨花像堆氤氲的梦。要不了多长时间，篾丝就会变成一只篮子或筲箕。通常时候，他都埋头沉浸在自己的世界里。偶尔抬头朝门口巡睃一下，目光里带着一丝淡漠和警惕。他家中有各种各样的日用品：精巧的篮子、密实的竹锅刷、铁片做的刨刀……都是实用又趁手，深得主妇们的喜爱。哪家缺了什么都会找汀伯购买或定制。偶尔，汀伯会送人一把扫帚、一柄锅刷。汀伯的钱袋像他的人一样神秘，每月有工资，还捎带卖些小物件儿——于是，有妇人落在他身上的目光变得暧昧起来。按说他这样的条件，娶个媳妇完全不成问题，偏偏汀伯孤老了一生。有传言他年轻时游走于几个妇人之间，手中钱财大都这般散失。

　　不管年轻时的江湖如何，衰老、衰弱毕竟以缓慢的步伐悄悄地逼近了，就像死神从来没有停下过它的脚步。汀伯从渐渐地减少手工劳作，到渐渐地减少坐在门口，直到有一天无法下床。在这个变迁的过程中，父亲曾问过汀伯："侬早年为啥不找个人过呀？不至于膝下如此孤清。"汀伯梗着脖子答道："有儿有女的人也未见得如何孝顺！"说这话时，91岁的汀伯坐在他那一楼一底的房子里。楼梯下搭了张简易的床，因为，逼仄的楼梯于他已像蜀道天梯一样艰难。像一盏油灯照亮的世界——他的活动范围已然十分有限了，性情也更加寡淡孤僻。以前未见他对子侄有多慈爱，偏偏到了晚年，他能依靠的，也只有同村侄女的照拂，帮他洗洗涮涮，帮他打点一日三餐。

一个周末我刚到家，父亲叹息着说："汀伯喝了农药！"我很惊讶："那现在呢？""住在医院里。"父亲边说边摇头。汀伯的小屋很浅，浅到过往行人可以一览无余。据说，汀伯喝下一口农药后，大概因为难受，喊住了路过的红佬叔。红佬叔急忙叫来他侄女，将其送医。到了医院后洗胃灌肠地一番折腾下来，命是保住了，但人更是虚弱不堪。出院后生活无法自理，只好送往敬老院。在敬老院住了大概十天半月的样子，人就没了。

"敬老院这种地方好去的？"父亲又一次触动了心中的危机，惶恐地对我说。

每次经过汀伯那紧闭的门口，我总会不自觉地看上一眼。门框上"光荣之家"的金属牌子还在，蒙了一层灰，令人想起汀伯常年戴着的那顶发白的解放帽。阿珍家、汀伯家、赖亚家……沿路一溜的房子像电影院的座位，汀伯永远地缺了席。我忽然发现，人生荒凉，汀伯走了，这世界属于汀伯的东西已经消失殆尽，了无痕迹，真如《红楼梦》所言："好一似食尽鸟投林，落了片白茫茫大地真干净。"

　　汀伯的惨淡离世，恻然之余，我更关注起阿珍一家。有一次，在她家门口碰到了阿珍的妹妹阿玲。阿玲曾是我小学同学，我已好多年未曾见她。她戴了个时髦的假发，笑着跟我打招呼。20多年来她夫妻俩一直在上海、广州等地做小笼包。从阿玲的衣着打扮上看，已经完全是个城里人了。"这次回来不打算出去了。诺，我妈眼睛看不见了，我姐又是那个样子。弟弟入赘他乡。如果再不回来，她俩一日三餐都成问题了。"阿玲平淡地说，语气中毫无怨尤。半晌午的，我却看到她家的锅台上正热气腾腾地煮着什么，89岁眼睛已然看不大见的开佬婆和像孩童一样的阿珍坐在灶边的板凳上，像两只翘首等食的小鸟。这一幕和我童年的记忆渐渐重叠——阿玲家很穷，姐妹仨加个弟弟，住一间漆黑狭小的老房子。除了一个灶台、一张桌子，就没有多余的地方了。三姐妹都不是聪敏的人，阿玲是老二，小学留了几次级仍没毕业，老大阿珍据说是小时候发高烧留下的后遗症。但是父母很慈爱，家里其乐融融。阴暗的光线下，灶台的木锅盖上，放着霉苋菜梗、发黑的豆瓣酱，或者是乌漆漆的笋干菜、拌了一筷子猪油的咸菜。一家人端着碗吃得稀里哗啦。开佬婆拖着两条长长的麻花辫，嘴里嚼着一根霉苋菜梗，像嚼着块红烧肉。她一脸慈祥地看着孩子们，脸上每一颗麻子都盛满着母性的光辉。在他们家，哪怕是一碗番薯粥都能吃得像海参鱼翅般兴奋满足。

记忆中，他们的灶台永远热气腾腾，煮完了饭食，还要煮猪食。一大镬番薯藤出锅了，开佬婆就坐在天井里开始撸番薯藤，长长的藤条煮得稀软，用右手的食指和拇指掐住，左手一扯，藤条上的叶子连带茎皮、髓都一股脑儿被撸进了木盆子里，只剩下一堆白白的空心茎……整个画面充满远古农耕岁月的静好。

我和父亲闲坐在村口公园聊天，不时有路过的乡亲热情地和我们打招呼。"阿叔——"有叫声传来，原来是阿玲的丈夫四平远远走来。"侬回来啦——"父亲也回应着。四平和阿玲家一样，曾是村子里最穷的人家，他家也是 4 个孩子。和我家同一生产队，四平的母亲银法阿嬷是个哑巴，父亲银法伯开朗乐观。夏天的傍晚，经常顶着个溜光的脑袋，赤裸着上身，露着嶙峋的肋骨，坐在门口的青石板上纳凉。偶尔喝上口烧酒，高兴起来喊上一嗓子绍剧，声音洪亮，带点铜质般的穿透力，是个开心讨喜的老头。现在回想起来，其实那时的他不过才人到中年。银法伯去世得早，快90岁的银法阿嬷却未见老态。虽然穷，但4个孩子都像银法伯一样乐观坚韧，且十分重情义。这些年，兄弟姊妹几个都过上了父亲所料而不及的好日子，每每回想往事，总是心中恻然，这份孝顺他们就加倍地体现在母亲身上了。木心说："总是那些与我无关的事迫使我竭力思考。"我逐渐意识到，这些人和事都像树一样扎根在我的记忆里，他们用美好和善良滋养了我的童年。在我的成长岁月里，以一种潜移默化的方式，教给我人生道理。在苦难中发现甜蜜，在贫穷中发现和乐，在庸常中品味到一缕诗意。这样的感受带来的是一种深长的愉悦，于我是十分珍贵的。

四平和阿玲像鸟儿一样飞回了乡村，放弃了他们已经渐渐适应的都市，只因乡村有渐渐衰老的母亲。——乡村已年届耄耋，衰老的远远不止他们两家。人生就像一根天链，一环接一环。热气氤氲了60年的锅台，阿玲接过了母亲开佬婆手中的勺子——开佬婆成了那只待哺的乌鸦。这朴素的乡村日常，忽然散发出神性的光芒。这一刻，我想起了汀伯孤独的一生。

三

　　"铨嫂去世了！"父亲在电话里传递过来这个消息，我震惊得久久说不出话来。"你没听说？据说是喝了治白蚁的药水。"父亲又说道。

　　铨嫂才60多，健壮得像头牛犊子，在城里一家领带企业打工。我已经好多年没见过铨嫂了，她那劳苦的形象穿过时间的铁幕忽然来到我的面前。圆圆的脸庞、大大的眼睛、一对焦黄粗大的麻花辫甚至额头上那颗明晃晃的肉痣，都那么清晰地呈现在我的面前。往事也层层叠叠地漫卷而来。

　　村子里的人，或多或少都沾着一点点葭莩之亲。铨哥家住在村子上段，虽然上下隔了不短的距离，但因为是一个生产队的，平时走动就比较多。松庭阿嬷和铨嫂婆媳俩在村子里是有名的勤劳人。松庭伯人称"松庭瞎子"，眼睛近乎失明。父子俩都孱弱，松庭阿嬷和铨嫂婆媳俩就像两头母牛，扛起了生活的重担。家里贫苦，婆媳俩一年到头都在土里刨食，采茶、砍柴、种田……什么脏活儿累活儿都干。铨嫂生了一儿一女，比我小了几岁，小时候经常来我家玩。每次，我母亲都会拿出些小零食招待兄妹俩。那时候乡下没什么好吃的，我们家算是比较富足的。得益于我在城市的姨妈的呵护，以及母亲的慧心巧手，在那个物资匮乏的年代，我的童年有着别的孩子所没有的甜美的味蕾记忆。虽然零食多数时候粗粝——一把番薯片或几块印糕，偶尔桂花球、金枣之类或者苹果、橘子。兄妹俩乖巧地偎依着铨嫂，像只小兔子似的嚅动着嘴巴。特别是妹妹，大眼睛里流露出满足的光芒，在昏黄的灯光下特别璀璨。

铨嫂是个爽直而带点粗鄙的女人，并不具备巧舌和敏思。有时候她想幽默一下，说出话的效果却往往适得其反。干起活儿来却总是不遗余力，母亲不止一次地打趣她，像豹子一样敏捷，像牛一样坚韧。母亲曾跟她上山拔过野山笋，完全跟不上她的趟儿。山林、田野、茶地、溪流……她似乎无所不能，像原始部落的酋长一样冲锋陷阵——采茶、砍柴、各种耕作……哪怕拔野山笋、采野蘑菇，她都是比别人要多。编织袋一前一后地挂在她身上，鼓鼓囊囊的像两座小山，绳子勒在脖子上，汗水像小溪一样从脑门上往下淌，辫梢上挂满了柴草叶子。生活在前方牵拽，命运的暗流却在庞杂浩瀚的人间穿梭进退，见缝插针，涌动前进。

后来松庭伯和铨哥相继过世，儿女都有了体面的工作。铨嫂去城里帮着带孙子，孙子上学后，铨嫂便在城里找了份工做。到这里为止，她活得像她这一代人某种类型的最后标本。铨嫂在城市打拼，104岁的松庭阿嬷便一个人留守在村庄。所幸腿脚稳健，前几年还能去附近的自留地摸索。阿嬷的女儿琴姐在绍兴，要接了母亲去住，但阿嬷故土难离，琴姐便绍兴、嵊州两头跑。琴姐是个十分通透的人，每次回来看望老母亲，总会拎点小礼品上左邻右舍或交好人家那里坐坐，感谢乡亲们的照拂。

我想，铨嫂在城市漂泊的这十几年，过得未必比乡村愉快轻松——因为她本质上是一棵乡野植物。对命运习惯了逆来顺受的铨嫂为什么会举起药瓶子始终是个谜。一桩事情的真相和奥妙，有时候并不藏在最深的地方，就在表面，只不过，一般人视若无睹。有时候事物又是通过万千丝线缝合在一起，织成了一个奥秘。我不知道，在铨嫂的生命背景里，潜藏着怎样的积贫积弱。她的离去像个黑色的幽默——虽然她一直缺乏幽默的天分和细胞。她是如此轻率地举起了那瓶毒药，却又是如此强烈地挣扎求生。死，看似偶然，其实蕴藏着严格而复杂的生存、生活逻辑链条。有的人来人世间爬罗剔抉了一辈子，或许因为对苦难的深切体会，就像一只松鼠，拼命储备过冬的粮食，而从未想过根本走不进冬天。或许，与铨嫂暗中作对的并不是哪个具体的人，而就是命运的本身。缤纷的阳光，悄悄地越过她的头顶，将她一个人留在了黑暗之中。村庄的史记，属于铨嫂的一页，就这么无声无息地翻了过去。

铨嫂去了，毫不知情的松庭阿嬷仍摇摇晃晃地活着。虽然老母亲的晚年，像套在琴姐身上的一辆四处透风的马车，年届八旬病体支离的她力不从心却奋力地奔跑着。自己也是祖母级的琴姐既体恤小辈，又舍不得将母亲送敬老院，遂请了保姆回来，给老人做伴。然而保姆很难不离不弃地忠诚于一个老人，琴姐便不遗余力地用一个又一个的希望来完成这场接力赛。孝道的充分表达需要漫长难挨的时间。有百岁老母亲在，琴姐永远是那个没有晚年的小女儿。

蓼蓼者莪，匪莪伊蒿。
哀哀父母，生我劬劳。
蓼蓼者莪，匪莪伊蔚。
哀哀父母，生我劳瘁。

松庭阿嬷漫长而漂泊于村庄的一生，就像后山的那棵松树，虬枝峥嵘地扎根在土壤中，忘了循序渐进的时间，忘了春秋荣枯，绵密的年轮里，不知不觉地储藏了一个世纪的风云。长寿，或许是种柔肠百结的残酷。但于琴姐来说，娘在，人生尚有来处。这一场漫长的人间修行，琴姐正苦乐难言、喜忧参半，一路跋山涉水地奔赴自己的衣胞之地。

四

父亲喜欢我陪着去遛弯，出门时常常会带根拐杖。我们穿过人来车往的操场，一路叫应问讯，父亲的声音里充满一片艳阳。香樟树下的长条石上，乡亲们像一群栖息在电线上的鸟儿，闲适又安稳。看到我们，远远就开始打招呼。通常他们会打趣下父亲手中的拐杖，以示对他健康的关心。我们沿着前门溪，慢慢前行，溪流波光粼粼，夕阳给它镀上了一层碎的金箔。路的左侧是口方塘，村人古雅地称之为"水孔"，埠头上偶尔蹲个阿嫂或婶子在洗汰，和少时"万户捣衣声"的景象不可同日而语。塘水碧蓝如玉，意态清寒，从圳中流出去又静静地汇入前门溪。龟山脚下，400多岁的隆庆桥弧度依旧迷人。石砌的桥身纠缠着深深浅浅的鸡血藤和络石藤，藤条长长地垂下来，像岁月的流苏。绿茸茸的苔藓爬满了石块缝隙，色翠而静闲。黑梭梭的河石间，菖蒲水草丛生，有白鹭扑棱着翅膀，点水而飞。春水是丰沛的，一路跳跃着在几处石砩上跌宕出晶莹的水帘。桥边的小泥屋旁谁种了株桃花，黄土墙衬着一抹粉艳，像线装书的插画，透着股禅意。新建的石亭、游泳池、风雨长廊、度假小木屋、烧烤基地……放眼望去，整个依山傍水的下畈仿佛一幅展开的画卷。陂陀之处是"鼠尾巴"的乌桕树林，最边上的那棵老乌桕树，举着尖棱棱的枯杈指向天空，遒劲峥嵘。风从梢上刮过，有黄鹂或乳燕的啼鸣，那声音脆脆的碎碎的。远处层峦叠嶂，或高或低，近处翠黛遍野，蕴含着空灵淡荡的意趣。这场景多么熟悉，从陶渊明的《桃花源记》那里，在德国诗人荷尔德林的诗歌《人，诗意地栖居》那里，我都看到过。千万年来的河山已经悄然发生变化，故乡延续了几千年的"乡土"面孔，正逐渐诗意起来。

格非的《人面桃花》里描写的花家舍——"桑竹美池，涉步成趣，黄发垂髫，怡然自乐。春阳召我以烟景，秋霜遗我以菊蟹，舟摇轻飏，风飘吹衣，天地圆融，四时无碍。……泊然有尧舜之风。"阡陌、田畦、水渠、沟壑、土丘……无不呈现出新农村的美丽图谱，连田间地头的劳作也变得闲适而诗意。乡人们不紧不慢地侍弄着地里的菜蔬，新修的渠水逶迤地流到各家田畦边，纵横的阡陌被水泥和卵石镶嵌得整洁而优雅。割下的春菜随手码在溪边的青砖花墙上晾晒，空气中弥漫着好闻的清香。看到我们走过，乡亲热情地递上一把姜蒜、茄豆等时蔬。

"瞧，这菜蔬长得多好。""爸，记得小时候别人家南瓜、茄子、豆角多到吃不完，而我们家的菜地总是稀疏得可怜。""那是以前肥料没现在这么多呀，现在这样的日子，才是真正的田园生活呀……"这样的对话常在我们父女间响起。曾经，不谙农事的父亲对于乡村，就像他种的庄稼一样力不从心。

故乡一边在蓬勃生长，一边在不断老去。不管是一幅浓郁的油画，还是一幅烟雨朦胧的水墨画，终究不过是人和土地的一番交情。土地养活着人，最后，又将人送进了土里。乡村的人间烟火，就是乡人们和土地缠绵厮守。一个世俗中炊烟袅袅的村庄，一代代人在给它写下史记。

"这里就是我太公，也就是你太太公安葬的地方，总说是块风水宝地，因而引来人觊觎……"每次，父亲会指着一块地，对着我远山近水地比画，而那里，业已变成一个粗粝的景观造型。"我就站在堂前的八仙桌这一方，脚下垫着个小板凳，嘴里吃着不知是什么的小零食，我爹就坐在这一方，对着我叹息：'哎——，伢阿坤今后是不要我的田产的哩。'少时懵懂，但爹惆怅迷惘的神情深深刻在我的脑海里。我爹自诩灵通，终究算不出时代的大运，也算不出世道的变迁……"父亲不止一次地说起这个话题。当然，父亲的人生远比从祖父那里获得的那句箴言要复杂、曲折、深刻得多。

父亲的讲述，使眼前的小溪、沟壑、土丘、河水甚至太阳光都变得虚幻起来。

和少时的讳莫如深不同，父亲越来越喜欢追忆过往。我们之间的谈话就像钟摆一样，经常在几件老旧的往事上来回摆动。回忆有时候是一种自我囚禁，父亲的讲述总是带点玄远和宿命，带着一种放不下的执念。许多他口中的人物，已经像一阵烟一样消失在岁月深处。重新审视过去的岁月，他总觉得自己就像一片落入溪流中的树叶，来不及发出声音，就被激流裹挟而去。来不及反应过来，就发觉自己没有任何慰藉地老了。随着他越来越老去，他的讲述也越发急迫起来，他是妄图通过这些唤起我的家族使命感吧。其实，人之一生，说得清楚的东西实在不多。所有的人和事隔着时间的铁幕，只能看到一些云遮雾障的枝节。我努力地顺着这些枝节去了解父亲的感受，去解读七八十年前，甚至一百年前在这个村庄发生的故事。有时候，有一些感受如果缺乏具体的附着物，我就会在村子里寻找一扇窗或门，甚至一座山和一条溪，想象当时的人物和故事。我发现，不管是多么乖蹇离奇的过程，最终又绕到了人和土地的关系。土地喂养着人，也滋生着人的贪欲。杀戮、侵占、陷害……看似淳朴的山村照样隐藏着各种阴谋和掠夺。一环扣一环，一件事牵出另一件事，无穷无尽。

　　看着云彩舒卷没有遮拦的天空，有种前世今生似梦似幻的感觉。村庄的过去和未来都是神秘的，所有的神秘对祖父缄默不语，对父亲缄默不语，对我也缄默不语。日光透过树枝照下来，斑驳的光影落在健身器材上玩乐的孩子身上。我知道，这阳光，也曾落在父亲黄金般的岁月里，落在祖父飘逸的长衫上，也落在南迁来此寻找栖息地的那批先民身上。他们像自己种植的庄稼，发芽在这片土地里，风吹日晒在这片土地里，最后也埋进了这片土地里。多少代人的绵延生息，才用自己的语系和图谱构筑起了这一方家园。

生命是如此迅速，让我们转眼成霜。看着老去的父亲，我心中时常会涌上一阵莫名其妙的惶恐和脆弱，就像耳边骤然放响一段电影里气氛紧张的背景音乐，让人的心瞬间提了起来。要说为什么担心，连我自己也说不清。我苟延残喘的幸福，建立在一个弱不禁风的年轮上——年轮是一架巨大的纺车，在不停地扯出丝线，而锭子上线的多少，是一个秘密，这个秘密超出我的掌控，令人终日提心吊胆。我偷偷地庆幸父亲自身机能的健全，感恩这样陪着他徐疾自如走动的时光。

"爸，现在已进入长寿时代，很多国家的老人70多岁还在考大学，钟南山院士85岁高龄还奔波在前线呢……"我总是这样鼓励着父亲安慰着自己。

庄子说："夫大块载我以形，劳我以生，佚我以老，息我以死。故善吾生者，乃所以善吾死也。"庄子是个美丽而洒脱的人，但不是每个人都拥有像他一样通脱的灵魂。看着踽踽独行的父亲的背影，我禁不住热泪盈眶。其实人生百年从来不是一个人的片段，而是一场接天地连古今的生生不息的脉动。父亲牵着我的手在渐渐衰老、衰弱，终有一天会撒手而去，就像万物的兴衰与凋零。而我，也在这过程中打量自己，一岁一岁地感受着年轮的隐喻，感受着孩子的成长，在这样的传递中圆满着自身。一茬茬的人，来了又去，每个人都在写下属于自己的《归去来兮辞》，无论青春如何绽放芳华，到了耄耋之期，或许多点陶潜的"聊乘化以归尽，乐夫天命复奚疑"的乐天顺变，会更安然吧。

2022 年 4 月

寄庐

一

当我跟着王姓朋友穿过北直街，拐进杨家弄——从这条逼仄的弄堂深入进去，像小时候穿毛线裤，时间的肌理不容忽视地从双腿间爬上来。旧光阴里的人与事像要挤破疏朗的针眼从另一头（时间的深处）奔涌而出，让人有种"肌肤相亲"的真诚感。

这条弄堂因为面临拆迁而受到关注。拆，代表着物体的解构，在它被轰然扬起的尘土砸成尘土之前，很多往事、旧物会被翻检出来，重新吸引人的眼光。就如现在，我被人领着进来，就是为了去翻检一个故事。走过弄堂口几间挂着棋牌和旅社乱七八糟招牌的新旧交错的建筑物。时间卷起了街屋的这个角，呈现一堵堵斑驳的青砖院墙，石门框上精致的缠枝花纹和砖雕吉祥图案都已风化漫漶，栅栏木门长满了"补丁"，门楼上鱼鳞瓦的缝隙中，草茎蓬蓬地在风中招摇，一棵香团树从围墙里探出了半边身子，金黄的果实挤挤挨挨地挂满了枝间，像一群偷偷趴在墙头看热闹的孩子。时间一方面在层层叠加，一方面在层层剥落。而这些门楼就像蹲守在时间里的忠犬。杨家弄18号、17号……，脚步在27号停下，木门半开，我们走了进去。道地里杂草丛生，几个盆景潦草地闲置一旁，一只黄斑狸花猫团起身子卧在一个脏兮兮的泡沫箱上，听到声音，慵懒地扭头看了一眼，又把头枕回了前爪上。长条青石板一直延伸到堂前，石隙的杂草和墙脚的青苔相映成趣，碧色一片。堂前胡乱地放着几把旧竹椅，左边靠墙的条案上搁了一条旧花布被子，右边斜着一把躺椅，上面铺了厚厚的垫子，似乎还留有主人的体温。八仙桌上一个不知名状的根雕，失魂般地与一堆杂物对峙着。木楼板底下歪歪斜斜地勾着的饭篮，早已背叛了经年的烟火往事。一对健身吊环，突然从横梁中间垂落，像一个打破时间规则的闯入者，亮出一丝生机的力量。左边厢房关着门，王姓朋友推开右厢房的门，室内早已搬空，只余一张破方桌和一把折腿的破椅子被弃置一角，一个老式的灯泡像一个悬念吊在半空中。我瞥了一眼，收回的目光陡然与板壁上的照片相撞，相框里的女人朝我展开一丝黑白色的淡笑，有着年龄无损的美貌。"就是这位——"王朋友轻声说道。我无端地想起罗文《尘缘》中的两句歌词："尘缘如梦，几番起伏总不平，到如今都成烟云。"

前堂空无人迹，有种让人不敢久留的寥落。我们从原路退了出来，绕过侧门，来到了后罩房。一个瘦削的女人来应门，朋友叫她芹姐。屋里十分逼仄，堆满了各种杂物，无处落脚。一见到我们，芹姐立即喋喋地述说起来。显见为了拆迁的事项已磨了好几回嘴皮子了——王朋友领了这块区域的拆迁任务。芹姐的记性很好——独居生活似乎使她的注意力十分集中，60多年的光阴，她将自己变成了一块青砖，深深地嵌进了这座老房子里。从她嘴里蹦出来的一个个时间节点，宛如老房子的纽扣，被她反复地扣上打开。

我心中惦记着前院照片上的那个女人，几次想把话题朝那上面引，但芹姐的思维显然不和我们同频。于是，我的闯入，像只误入藕花深处的鸭子，扑腾了一通，便懵逼地离开了这条晦暗不明的弄堂。

一个多月后的一个晚上，我又想起了板壁上那张清浅的脸，再次拐进了杨家弄。拆迁的脚步越来越近，弄堂里黑黢黢的，越发沉寂。后罩房的芹姐正在家呢。她一眼认出了我，端了把竹椅子出来，两人坐在门口聊了起来。

"老话说，造好一间大屋，总要死个把人的。这里、这里都死过人……这不是迷信，其实是心力交瘁。"芹姐指指眼前的屋子又指指隔壁，很突兀地，没有任何铺垫就直接将话题转入生死和居所。这个有点神经质的女人，这一刻，竟然显得十分有哲理。一辈子没结婚，这间50来平方米的老房子，收容着芹姐的全部人生，存在、失去、获得、拥有、消失等诸多问题困扰着她。在她的絮絮讲述中，一些已经消失的身影从时光的某处漂移到我的眼前，抽长出虽不相干却很生动的细节，像电影的特写镜头——

大概是1949年年初或者再往前一点的一个傍晚，一个面容姣好身着旗袍的女子，一手牵着稚子，一手提着藤箱——藤箱里装了她全部的财产，敲响了杨家弄27号的大门。

她身影袅袅地穿过道地，站在了堂前。弯腰将手中的藤箱搁在地上，松开孩子的小手，轻轻吐出一口气。抬眼，环视了一圈院落，只见一缕夕阳穿过苔苔树，斜斜地打在东厢房的墙头上，留下斑驳的影子，她的目光不觉染上一丝寥落。

台门，在小城里是一个极气派的名词。内里，却往往带有几分剪不断理还乱的家族恩怨，在时代的长河里，折射出一个斜斜的投影。这个三间二居头的台门屋原本是一个吴姓年轻人耗尽积蓄建造的，但祈盼中的人丁兴旺，瓜瓞绵延并没有发生，吴阿舅甚至来不及娶妻生子，便故去了。宅子就落在了胞姐宝娟的头上——仿佛他来这个世间的使命就是为了呕心沥血地完成一次筑造。自此，这个台门便像一部默片，无声无息地改变了故事的走向。

"宝娟孃和老公带着他们的养囡搬进了这座宅子，这个养囡啊可了不得。"芹姐的口气里开始带上一丝意味不明。

此刻，宝娟孃和养囡站在西厢房的门口，怔愣地看着对面。这个漂亮的女人，让原本敞亮的空间，似乎一下子逼仄起来，宝娟孃呼吸陡然急促起来，嘴巴张合了几下，却又紧紧地闭上了。她将兄弟留给她的宅子撕成了两半，这个陌生的女人将成为这座宅子另一半名正言顺的主人。宝娟孃感到一丝从血脉深处传来的疼痛。

以上的镜头，当然是从别人舌头上流过来的往事。因为芹姐的父亲还要过几年才用 15 块钱购得后罩房的所有权，用这 50 来平方米，和同样从乡间入城的母亲，滋养出一群春韭一样的孩子——房子是安定生活的鲜明主角。6 个孩子的八口之家像石榴籽一样将空间填得密密实实，故事也像石榴籽一样丰满。芹姐极少提到母亲，回忆里都是父亲的形象——大概对于一个未婚的老女人来说，一个"在场"的父亲，远比母亲的意义重大。嗅着老房子的气息，芹姐将自己活成了想象的模样。她希望她的童年时代可以地老天荒一直这样下去——虽然日子其实乏善可陈。

"那个时候，父亲当上了木业社社长，整天很忙，早出晚归，一心扑在单位里。他经常说，旧社会吃不饱，还要受欺负，现在我们过上了好日子，要感谢党。"芹姐的父亲，让我联想到铁人王进喜。每天早上，父亲牵着 3 岁的芹姐，穿过北直街来到南门外直街的木业社门市部。将芹姐往店堂一放，就忙自己的事情去了。小小的芹姐坐在店堂里，看着叔叔伯伯们叮叮当当地加工着小五金。有时候父亲下乡一走就是一整天，小芹姐也不哭闹，小小的店堂就是她的游乐场。临近中午了，大伯开始收拾东西准备下班——没错，芹姐的亲大伯也在这里上班。大伯沉默地牵起芹姐的小手，一路将她送回杨家弄。不知道为什么，大伯从来没有带芹姐回他家吃过一顿饭。阳光照着一大一小两个身影，芹姐一双短腿努力跟上大伯的步伐，一路上走得磕磕绊绊——老南桥头的那家大饼豆浆店的油条总是散发出酥酥脆脆的香气，大有弄南货店里的蛋糕、金枣和桂花球像小山一样摊在柜台上，百货公司里那一溜五颜六色的布匹立在货架上，像一列雄赳赳的士兵。有时候，售货员拿下一匹，用竹尺一量，"刺啦"一声，裂帛的脆响像一道乐章，等待为某个躯体开启桃李春风的焕然。更多时候，售货员无所事事地伏在柜台上打野眼，看到扎着小辫子的芹姐经过，朝她做个鬼脸。芹姐趔趄一下，大伯的手便随之一紧，她有点赧然地扭回了头。——芹姐这样叙述的时候，便与我记忆中的影像渐渐重叠起来。母亲回娘家，牵着我的手走过长长的北直街。从南站下车，一路向北。母亲总是说，我的脖子是竹帚丝串着的。我的耳鼻淹没在一阵阵的市井喧嚣中，无数的街市细节朝我奔涌而来，我微微眩晕着，被浪潮裹挟着前进。2000 米的长街，五六岁的我中途总是要因为东张西望而绊倒好几次。

烟糖公司的弧形建筑带着欧式的洋气，太阳照在顶部那颗红五星上，让人想起八一电影制片厂的片头。百货公司、大有商店、电影院、鹿山大楼、剧院、嵊县中学……旁边还有像树杈一样伸展开来的许多非常生活气的小胡同，从白莲堂路、东绣衣坊、西绣衣坊等老房子里走出来的大爷大妈们，脸上总带着些许城里人的傲慢。——许许多多原本被折叠在记忆里的场景空间一一呈现，像部老电影，好像很遥远又好像很接近，好像很日常又好像很新鲜。

芹姐滔滔不绝，独居太久，要么寡言到失语要么倾诉欲爆棚。一个台门住了三户人家，日子一长，生活细节便摩擦不断。

当年的鸡飞狗跳一经记忆的"福尔马林"浸泡，都变成了芹姐细数的家珍。

话题终于转到板壁上的那个漂亮女人身上："薇姨一直是个谜一样的人物，她原本是唱越剧的红伶，有人说她是姨太太出身，有人说她是上海滩一家大戏院老板的正头娘子。"随着时代的一声巨响，那大户人家曲终人散。戏院老板去了美国，至于薇姨为何没有同行，是最令人费解的地方，她带着儿子回到了故乡。是被男人抛弃在大陆，守着一份无望的承诺，回归故园了此残生？还是——芹姐含糊地说："都说因为薇姨是个有骨气的人！"我不知道这个骨气之说何解——在别人的讲述里揣摩另一个人的心思，更是云遮雾罩。不管如何，世事如流水，薇姨承受了命运的阴晴圆缺。住进杨家弄后，薇姨像一棵植物，来了一次枝丫嫁接，一些新的、异质的元素让生命之树长成了另一形态和走向，直至生命的终点，和前尘往事再无交集。

回忆是以碎片的形式存在的，更多时候它们细碎得、短暂得如同错觉，要靠捕捉，比方说一闪而逝的念想，比方说某个物体的联想。此刻，墙脚的那根晾衣竿撑开了岁月的浮萍，让芹姐灵光一现——"确实，薇姨不大会做活计，尤其讨厌洗被子。肥皂粉放多少都不知道，老棉布被单一落水，死重死重的。

薇姨捞不动，也搓不干净。"那个时代，任何影影绰绰的身份都重新被认定，要依附居委会、单位。诸如此类的笨拙，落在街坊的眼中，薇姨的身份演化出各种版本。10余岁的芹姐已过早地学会了操持家务，笨重的被单被她浆洗得干干净净，两根竹竿一架，被单被撑得直直透透，太阳一晒，发出干爽好闻的气息。每当这时，薇姨会带点羞赧和讨好："小芹，帮薇姨洗洗。"说着掏出两块钱，要塞给芹姐。薇姨细白的双手，在日常劳作上，孱弱地输给了一个半大的孩子。日复一日，他们就这样真实而辛苦地同在一个屋檐下生活着。

在芹姐的回忆里，有的人，仿佛生活在一种奇异的时间罅隙里，一开始就模糊地存在，又从生活里突然消失。比如薇姨的老公。——没错，薇姨后来又嫁了个郎中，在乡下卫生所上班，个把月回来一趟。他仿佛有他自己的生活和来去，人们很少见到他。他们两人就像两条铁轨，偶尔的交集后，又不可名状地从各自的生活中离开，直到某一天彻底地从这份生活中抽离，只留下两个孩子。薇姨独自扛着生活的艰难与盘剥，继续朝着时光深处走。直到变成板壁上的相片，前后半生合拢成一部个人简史，一起埋葬进时光的废墟中。

偌大的城市，普通的台门，任何生活的起落，都被轻描淡写地吞没，激不起半点波澜。这个伶人已成为一把白骨，属于她的舞台早就散了，而越剧正在流淌，还在生长，超越了时间和空间，成为一种顽强而永恒的存在。

1949 年后的杨家弄，真正的杨家大屋里的人早就流散。一条小弄堂，编上短短十几个门牌号，一群才智愚庸高矮肥瘦的人齐聚一堂，最原初的社会理由早已湮灭，是命运鬼差神使的结果而不是人的选择。他们竭力营造一个相近他们自己生活兴趣、习惯的社区街坊。虽有龃龉，但总有一份市井的温馨和守望相助的情怀温暖着。漫长的岁月里，杨家弄里的住户次第上演着不同的情节。这边小孩降生，那边老人故去，此际起高楼宴宾客，那边曲终人散伤别离。四季更迭，悲喜交替，时代变迁，人事浮沉。吴家台门挤得满当当的后罩房，只剩下一直未出阁的芹姐了。而这样一只不离巢的鸟儿，终究成了粘在碗底的一粒风干的饭粒儿。唐诺说："大家就别装了吧，通常幸福无间的东西不会长过童年，如同梅特林克的青鸟般是某种无法存活于现实天光和人生真相的东西。随着各自的童年结束，接下来便是一晃几十年逐步淡漠稀薄下去，行礼如仪但毋宁只是义务地拖行岁月，最终正式断裂于父母亲的衰老死去，仿佛父母是水落石出之后仅剩的联系，这共有的源头一旦消失了，我们也就回复成毫无关系的人，并偷偷在心里松了口气。"父母离世，芹姐成了最后一张票根。现在，这张票根也将彻底撕裂。

令人不可思议的是，掰成三瓣儿的吴家台门竟然斩断了最后一丝血脉关联——经过一场持久的、深远的血脉与亲情的博弈后，毫无血缘的宝娟娘养囡最终夺得了那三分之一的产权。

芹姐的叙述东一榔头西一锤子，完全循着她自己的章法来。我和她坐在弄堂里，两边是高高的院墙，我们像坐在深深的井底，往事像灰黑斑驳的印记东一块西一块地爬满了井壁。博尔赫斯说，死亡是活过的生命，生活是在路上的死亡。四邻寂寂，大多人家的生活重心已经搬离了现场，剩下往昔的鸡毛蒜皮、鸡飞狗跳都成了芹姐恋恋不舍的回忆。"白头宫女在，闲坐说玄宗。"岁月如云烟。一座普通民宅里发生的一切，是一个世俗而平凡的世界。他们把鸡零狗碎的生活装进这个宅子里，过完了一生。其中，当然也包括由宅子再滋生出来的无数细节，这些细节就像命运的索引，指向莫可名状的终点。谁都是过客，建筑拼过了人类的寿命，却阻挡不了时代的进程。

二

老城区不大，这次拆迁算是大范围的了，东前街、东后街、保婴路、白莲堂路、鹿山路、东绣衣坊、工会弄、杨家弄等一大圈城市腹地被切割。站在北直街的西边看，犹如隔岸观火。时代的洪流冲开了一条条街道，撕开了一堵堵清灰斑驳的院墙，淹没了一个个长满草木的小院，卷走了一些青石板、石门框之类的旧物。许是预感到这些老街留存的时间已经所剩无几，很多人像游魂一样开始到处转悠。他们像是在寻找，寻找它过往的故事和逸事；又像是在窥视，窥视它曲折的心事和曾经的昨天。反正，现代社会，一部手机随时随地可留下精彩的民间志。对于自小生活在老街的土著而言，对街区的感情和追忆，往往不在什么文化情愫，更在意的是自己亲临穿梭其中的岁月。但对于大多数像我一样没有经过弄堂里狼奔豕突过的童年，借由跻身几座新盖的水泥盒子跟城市攀上关系的人来说，老街区就像一颗果核，我们貌似啃到了光鲜的果肉，其实始终未曾真正触及城市的内核和气息。于我们而言，城市有历史，但是没有细节、没有包浆，经高层次挤压后的密集灯火，诠释的是"鸡犬之声相闻，老死不相往来"的疏离。

如果说这个城市的一角，曾与我的童年扯上点关系的话，那就是东后街的临城卫生院。母亲的挚友王宝琴阿姨曾在这里工作，白皙慈和的圆脸，绵软的上海口音，让我觉得友情的样子原来像棉花糖一样甜软，它的美好也滋养了我一生。每次进城，我们总会去宝琴阿姨家落脚。那时候觉得，无论是煤油炉子烧出的，还是用饭菜票带回的食堂饭菜，总带着一种属于城市的幽微体香。童年的记忆常常是空间上的，而不是时间上的，是某个静静的画面，而不是一段确确实实发生的有头有尾的往事，但是往往这种画面耐住了漫漫人生的破坏侵蚀。有一次，胖墩墩的宝琴阿姨气喘吁吁地爬上四楼的宿舍，和母亲一阵嘀咕，随即两人相偕下楼。我尾随她们匆忙地来到一间诊室，冲眼就见水泥地上的一块棕色皮垫子上躺着四个一模一样满身血污的婴儿，婴儿已经全无声息，屋里充斥着一股浓烈的血腥气，围观的人都在咋舌惋惜。这是我第一次目击生和死，那么匆忙，那么脆弱，那么冰冷，只隔了一层呼吸。

我慌乱地逃离了现场，站在走廊上，看见檐滴笔直地垂落到天井的地面，溅起了水花，像一朵朵渐次盛开的烟花，转瞬即逝，却又那么清晰地植入了我的记忆。当年，这幢门庭若市的大楼，充斥着无尽的喧哗与骚动，仿佛有一个神，不仅操纵着日光在旦暮之间移动，也俯视着人世间生与死的悲喜。偶尔翻阅老地图，发现这一带管事儿的神挺多，水神庙、火神庙、仙姑庙、太祖庙、药王庙……众神隐匿其间，各司其职。而他们坐堂的寺庙、祠堂之类的建筑，有的消失殆尽，有的尚存旧影，但似乎没有哪个地方比这里对生命的启示更直接、更在场。我忍不住想，如果没被命运粗暴地掐断开头，那四胞胎的人生传记该写到哪个章节了。转而又想，生命带有极大的偶然性，或许他们也像《花妖》里唱的，发现"寻差了罗盘经"，急急返回去寻找下一个轮回了。而医院，就是一个生与死的通道。

因为走进杨家弄，我开始审阅起这片即将消失的老城区来。从前的人建房花几年甚至几十年时间来打造，图的是代代相传、香火永继。讲究的人家，飞檐翘角、雕梁画栋、轩窗朱门、花台照壁……细节处都要雕刻图案云纹，刻上诗词格言，院落就是一件作品。卢家台门、赵家台门、汪家台门、谢家台门……这样的台门很多，他们明明用姓氏标明了所有权，但等我看到的时候，里面住着的很多人跟这个原姓氏并无关系。同一台门，有的人在时代的潮流中浪遏飞舟、挥斥方遒，有的人则痛饮了腥涩的海水，尝尽人性的残酷。人与人之间看似毫无干系，却又千丝万缕地纠葛在了一起，命运伏线千里。有的人生前籍籍无名，死后却被时间淘洗出了细节，某一天露出了峥嵘一角。例如仙湖路核桃树下那位隐名埋姓的核弹工人，被喜欢讲故事的人像出土文物一样挖掘出来。就像冷不丁回身甩出一枚响箭，击中了当下叙事的神经元，那走向时间深处的背影，瞬间变得繁丽多彩。

那些考究的大台门就像一位老绅士，它们把守着盛大的往事，曾惊艳了时光。我在一个美篇上看到，一位 78 岁的卢氏后人回到待拆的老宅，在天井中留下一张照片。他的目光穿过近一个世纪的光阴，与父亲对视。同一位置，他幼年的父亲穿着锦缎马褂戴着瓜皮小帽正被人抱在 C 位坐定，后面依次排开一众亲人，衣冠楚楚，正在血脉的上游俯视。

岁月的册页昏黄，翻开卢家台门的一页，却仿佛看到了勃拉克画笔下色泽艳丽饱满的《埃斯塔克港码头》。剡城南门外，卢家高祖卢和峰建起一座过塘行"日兴码头"，帆船林立，脚夫船夫的号子声不绝。风顺帆起，沿剡溪而下，经曹娥江、钱塘江到杭城，满载蚕茧、茶叶、烟叶……的舟楫，将南北货通的故事讲得风生水起。到其子卢彤三时，"日兴行"西毗邻又开出了"宝兴行"，"有楼屋近百间，南至剡溪边，北到东直街，西到东门外大路，再在行后长期租用东直街的寺方庵房屋数十间，称后行，前后联通，经营本地土特产"。卢家逐渐成为清末民初剡城的东门首富。剡溪汤汤，如今码头早已不在，但是这个姓氏中流出的精彩却与剡溪水一样，源源不断。《剡县志》载："光绪三十二年（1906 年），县人卢彤三、卢本余筹金建拱明桥（今老东桥前身）。至民国 5 年（1916 年）建成，为 18 孔石板平桥。"这世界上，总有些人，懂得渡人渡己。

卢家的荣光还得追溯到另一件事。1905 年，民主革命家谢飞麟在嵊县创办首家浙东女校，卢家将家族宗祠——堂号叫

"听彝堂"的"卢和峰公祠"出借作为校舍。县志载:"光绪三十一年（1905年），谢飞麟在冯筱村女塾的基础上创办，名为爱华女校。初设于县城卢和峰公祠。""听彝堂"是座典型的坐北朝南二层楼江南民居，为五间二居头的砖木结构建筑。老台门的后面还附属着坐西朝东的"六间二居头"的二层砖木楼房。青砖黑瓦，石窗灰塑，气派森严，一堆斗拱支撑着清代的老瓦。这里走出了一批以尹锐志、尹维峻为代表的辛亥志士。据卢氏家谱记载，卢和峰的一位玄孙卢观球，曾任护法国会众议员，为革命作出了贡献。从网一样的卢氏谱系里可以看出，那些看似消逝的过去的荣光，其实仍然活生生地根植于族人的精神和血脉之中。

当年，很多大屋易主，后人并不能看到时间日期的分水岭。那些在运动中以主人姿态进驻的人，将各种姓氏塞满房子的每个角落。据说这座"听彝堂"后来被当作汽车站职工宿舍楼，住了二十多户人家，被戏称为"七十二家房客"。百来口人的熙攘日常，将祠堂的森严一扫而光。有顽皮的孩子玩"躲猫猫"，曾稀奇地发现阁楼里藏着几尊小菩萨，也不知这几尊神佛是如何躲过了"破四旧"的清理。门额上的石刻布满凿痕，字迹已漫漶不清，于是，老宅的前身成了那群孩子心中久久的悬疑。

卢家台门被拆比较早，大概有二十来年了吧，当年亦是住进了卢、何、沈好几户人家。门额上的"紫气东来"被"无产阶级专政万岁"覆盖。杂居的每一个汉字都写满了对建筑的切割和破坏。岁月已经抹去了大量的细节，遭受时代风雨的长者，对过往宏大的时代叙事都闭口不提，且每个人记忆的画面不尽相同。但是滤去政治的烽烟，生活现场总有一些流淌出来的精彩，像树叶缝隙中筛下来的光斑。"小的时候，沈先生家常将一把茶壶放在天井里，不用煤炭柴火，那水就会烧开，那时候不懂什么道理。后来才知道那时节竟然就有太阳能了。"远走他乡的卢家阿奶至死不愿回故园看看——事实上，她也早就没有故园可看了。60多岁的卢家阿姨单薄的记忆中，勉强打捞出的是台门里别家的生活碎片，或许这样的话题显得轻松。我想起同是沈氏后人的老同学，可惜作为家族的老幺，她对长辈讳莫如深的往事亦知之甚少，只说："我二伯早年随爷爷在上海滩，他是个爱好新奇物事的人，红卫兵抄家时从家里搜出来十几支他收藏的派克笔，还有一大袋子各色毛线。""小时候记得他家有一台洗衣机，后来嫌洗不干净，我二妈就拿它来褪鸡毛……"可见，沈老先生早年是位在十里洋场见过世面的时髦而雅趣的人。博尔赫斯说，人的记忆并不是一种加法，它是意义不明确的各种可能性的混合。这种回忆细节是否真实，并不重要。日常有时候并非庸常，许多深刻的道理和秘密都隐藏在其中。"任何事情的发生，都是意味深长的、难以测度的过去催化而成，都是由因果之链推演而成。当然，没有什么最初的因，每一个因都是另一个因的果。每一个事情都指向无限。"（《博尔赫斯谈话录》）基督徒不讲因果，身为眼科名医的沈先生不知道"太阳能、派克笔、毛线……"都会成为一群无神论者攻击他的物证，变成特殊时期中家族蒙难的其中一个因。70岁的沈家大姐说："现在生活平静，我已不想回忆往事。"

三

原来在凡胎俗骨的闹市小街，我们也常常会与传奇不期而遇。东后街16号，三个并排的巨大的石门框，三扇厚重的黑漆大门，是当年江浙闽三省的烟商会馆，叫"永安会馆"。说起会馆，就会让人想起老北京大大小小的千百座会馆，鲁迅先生在绍兴会馆住了7年，写下了《狂人日记》《孔乙己》《药》等著作，而我们这个"永安会馆"，写下的是中国烟草史上厚重的一笔。烟草，亦名"淡巴菰"，自明代万历年间从吕宋传入中国，在清代已被广泛种植和吸食。《中国实业志》（1934年）上载："浙江省烟叶以绍属各县为最多，以新、嵊两县为主。嵊州所产烟叶色鲜黄，烟味芳香，质地致密，燃烧性良，为大宗特产之一。"鼎盛时期县内有土制卷烟厂、坊多达120余家。1933年的销量居全省第3位；1946年，城关、苍岩、崇仁等地，有产销手工卷烟工场41处。据史家考证，有代表性的土制卷烟牌号有嵊县富润利兴烟厂出品的"画鼠牌"香烟、三友烟公司出品的"璋记龙门牌"香烟等。每年夏秋之季，烟商云集，来此设庄收烟，名为"坐庄"。收得烟叶经剡溪由曹娥江水路运出，贩销至绍兴、宁波、杭州、上海和福建各地。虽然没有《红楼梦》里描写的各为自己一帮的"烟帮码头"这样的繁盛，但也是一个时代的记忆。

会馆为走马楼式的三进院落，主体建筑是关帝庙。因着一些烟商欺行霸市、恶意压价，新昌种植烟叶的烟民怒而奋起，一把火焚毁了会馆。1920年会馆重修，"占地面积达到1500平方米左右，前后共三进。从西侧小门进入可见其背面的第一进；隔着天井的南面为第二进，曾塑关公像，原关公像左右两侧有平均1.5平方米左右大小的'忠义'两大字，可惜的是在特殊期间随同其他碑文和灰塑等工艺均被损毁。第三进为原烟商驻扎的生活区，现在仍可见到墙壁上的精美壁画残留"。

残留的壁画和损毁的灰塑，如岁月的眼睛，映射出内里曾经发生的许多难以言说的故事。往事如一本已经风吹日晒的老式毛边纸账本，陈年老账条条都有记载，但到底谁是谁的货主，已模糊不清。仰头看到门额上的石刻——"道协大成""布昭圣武""德齐天亶"，字迹斑驳、庄严。这三排字应该都是对应关帝爷的。路灯迷离地映射过来，如同忽然短暂复活的古老之图像，很容易让人的神思从这个世界抽离出来，滑入到某一道时间大河之中，漂流起来。虽然万物都在随时间逝去，但奇怪的是，痕迹竟消失得这么快。不过百年光阴，这座飞檐斗拱，承载中国世界观的老宅，其初始意义就被遗忘、隐匿。以各种名义进驻的人们，彻底推翻了建造者的初衷。一块偶然间挖出的石碑，一篇《江浙闽三省烟商会馆重修碑记》，让人读到了一个时代的故事。一幢大屋浴火重生，重新树起一个商业信仰。那些为这一砖一瓦出过力的人，都在碑上郑重地镌刻下名字。或许，现在从门前经过的某个人，或在商界叱咤风云的某个人，和那些名字就有关联，命运充满着偶然和必然。

摧毁一幢老屋很容易，推土机三两下就夷为平地，尘烟四起中一切翻篇归零，哪怕这房子被标注着"文物"。在昂扬兴奋的城市建设中，这个民国时期原地址编号为东后街66号的"永安会馆"正在文明地死去，我们将成为事后的沉思者。

四

国人常说"器以载道"。器物以我们熟悉的形式，为我们提供着一些隐喻，也提供着精神上的慰藉。房子是最大的容器，庇护着肉身，承载着精神。"上无片瓦，下无寸土"，相当于在尘世裸奔，视为无根之飘蓬。因此，中国人对房子、对土地，有种执念。

说起来，东后街原来做城关派出所那幢两层小楼十分有意思。1949 年前，有位姓郑的人，家境并不富裕，总想着如何发家致富。某天外出，看到在卖彩票，便掏钱买了一张。谁知，天降幸运，竟然中了两万大洋。这在当时可是笔巨款，有了钱第一件事情就是置办房产，便用心建了这幢小楼。街坊艳羡，替这位幸运儿取了个绰号叫"二万头"，慢慢地倒将其真名淡忘了。岂料，时代更迭，这房子到了第二、三代便不归他们所有。"古今多少事，都付笑谈中。"生活亦庄亦谐，生命无法预谋，我们只能不断与往事和解。

房子的用意远不止栖身那样简单，圈地为王，它盛载的是一种生活方式、一种生活态度，甚或是一种理想。我有个堂姐夫，从穷小子打拼到腰缠万贯，几年前耗资几千万打造了一座豪宅。每一块砖瓦、每一扇门窗、每一堵院墙、每一株绿植都由他亲自设计、定制、督造、种植，浸润着他的深情厚谊，寄托着他德门积庆、百福具臻的祈愿。仿佛他打造的不是房屋，而是一座精神家园、一座人生地标。每一条云纹、每一块材料，都留下他的玄学与审美。房子太扎眼，以致几次惹来拆除的危机。我问他："如果真被夷为平地是否会后悔？"他答："这是我毕生的夙愿，是我理想的生活图景，有过，便圆满。"

于坚说，如何在世、在场、活泼泼地生活，是中国人一生最持久的功课。有拆毁就有兴建，房宅这一世俗化、生活化、物质化的载体，大概是活泼泼来世间走一遭最有力的明证吧。

从渐变到大刀阔斧地推进，旧时代的街市格局最后一席之地，正面临消亡。我用一些拾得的牙慧来为这些老台门做今宵别梦寒的凭吊，带着几分客气和疏离，如窥视异乡。然，未等我想出表达合适的长短句，这一片街区已经盛载着小城历史民俗和逸事掌故隐入尘烟。

仅剩的东直街像一截松垮的腰带，疲沓地挂在城市的肚脐眼上，洋溢着一股沉浊深远的沧桑。穿过一截残存的老城墙下的门洞，两旁的法国梧桐仍人淡如菊地守在那里，旁逸斜出的枝条远远看去像是交颈私语，冷眼旁观着悲欢离合的世情。两旁的建筑呈现出丰富的民生画面——印刷厂、泡脚推拿、养生馆、小酒馆……交错着时间和空间的惊喜、错愕、堆叠，混杂成一种多维的平衡。那些墙壁上、板壁上的文字和图案在风雨中日渐斑驳、漫漶，有的被涂抹篡改，有的风化剥落，都是时间晦涩的暗语。我觉得，它们的消失就是穿越回到了往昔的生活现场。月亮在云层里穿梭，我在东直街上游荡。斑驳的苍穹下，我辨认着、审视着熟悉又陌生的街道。路灯投下光束，如同置身一场沉浸式演出，保留着某种类似观众席的仪式性，又始终维持一种恰到好处的"抽离感"，这种介于生活和旅行之间的第三维视角，带给人一些意料之外的发现，甚而是意料之外的领悟。一名中年男子从临街的一间老房子中跨出来，一位老人送他到门口，老人的脸老得像褶皱的树皮。男人朝她挥挥手，骑上车远去。老人倚门而立，目送久久，张着豁牙的嘴朝我笑笑："喏，女婿孝顺，常来看看我，给我送东西来。""阿婆，您老高寿？""96咯。""您一直住这里的吗？""都是后来搬来的，喏，这里、这里原来都是大户人家，走了，都走了，后代都不在这里了。"老人用手比画了一下旁边的房子。青砖瓦房的二层小楼，阔大的石门楣，连同门口的梧桐树，深深扎入土地，归巢的鸟儿却换了一批又一批。从前的鸟儿是什么模样，鸟儿和鸟儿之间是否有千丝万缕的联系，谁又说得清？南来北往的电线蛛网一样寥落地挂在半空，等待着点燃前半生的灯火，照亮游子的归途。宅里宅外都是故事，花谢花开，一任任的主人像枝头落叶，铺了一层又一层，老宅无语，收留着一个个故人的灵魂。世事流变，那张隐藏在墙角的脸，叫命运。老人的听觉不甚灵光，兀自絮絮叨叨着转身进了屋。我的目光被牵引着——昏黄的灯光下，那苍老身影，孤独地嵌在破窗框上，像定格的一帧历史影像，又像旧时代的最后一块活化石。

我忽然想起读到的一段文字："城市其实同样辽阔、深邃而致密，如田野，如山峦，如溪涧。人们如植物般展开茸须与触角，在疾驰的日脚中扎根或飞翔，留下声音和故事。"

潮起潮落，带走了剡溪江畔多少人事浮沉，其中的种种细节，有的如改道的河流，已经完全改变了走向，只有他们的后人在不受干扰的十分私人的空间里，才能细细品味和冥想。东前街、东直街、西前街、西后街……大部分老宅已经改换门庭，或者消失得无影无踪。在城市宏大的叙事面前，一个台门、一条弄堂像草根一样泯然，随时会被连根拔起。甚至，一座城市也仅仅是中国的一个部件、一个细胞，每一块土地都是古今叠加，每一段历史都是新旧转换。我们都是时间长河里的过客，我们也是河流本身，一滴水在河流里终究是面目模糊。时代在向前，我们就不能负载太多的过去去赶路。

常有人说："择一地终老。"时机得宜，终老之地或可选。

血脉之地却由不得我们选择，天命做出了选择。故乡是山川、风物，也是故居、是家园，是祖宗的灵魂和根脉所在。命运的巨手，让人世的变迁，从凡俗走向哲理，经历甘苦聚散，见证繁华沧桑，山河表里化为心中的风景，泥石与岁月共同积淀浇筑化为剡城深刻的血脉基因。从小黄山刮过来的风，飘着万年稻谷的清香。从剡溪上驶来的扁舟，载着千年的诗意和深情。在广阔、无垠的时空里，总有一些美好与天山共色。在新的砖瓦木石之中，也定能生长出独属于嵊州自己的灵秀出尘的轮廓和肌理。

2023 年 11 月

从金庭到华堂

一

　　华堂，两个字，气象万千。既有建筑美学上携带的东方基因密码，又隐喻着人们对生活的情怀和梦想。这样的美好，总是吸引着人去接近。而实际上，作为一个村庄，华堂是朴素的、乡土的——尽管她在地域文化中显得宏大。华堂距离我并不遥远，40多分钟的车程，似乎茶余饭后就可以去看看。比如此刻，周末的阳光照在平溪江的桥头，远处青山连绵，白云千朵，脚下流水潺潺，岸芷汀兰，对岸是一片乌瓦白墙……烟火与诗意皆恰到好处。

　　在这世上，很多古村落都是有来历的。它们像一只用旧的锦囊，有着泛白的、磨出毛边的肌理，打开来，里面都是抵御时光的宝器。华堂的炊烟，在卧猊山麓飘荡了700多年，那是王羲之遗留给我们的一个念想，也是他笔尖滴下的一缕墨韵。说到华堂得先说金庭，它们是一对关联词。因为王羲之晚年的归隐，它们之间充满了许多虚实之间的沟通。但不管王羲之的脚步踏过多少，它们都是岁月里坚如磐石的事实。

东晋永和九年（353年）的上巳节，是个神谕的日子，时任右将军、会稽内史的王羲之，在山阴兰亭举行了一场文人雅集，邀约了谢安、孙绰、许询、支遁等朋友及子弟41人，行"修禊"之礼，曲水流觞，饮酒赋诗，酒兴之下妙手偶得的《兰亭集序》成为千古绝唱。这场文学史上的狂欢，未必是精心策划，却成了圈粉的"顶流"，时隔1600多年我们仍能看到那云蒸霞蔚的风雅。喝得醺然的王羲之，盛景之下产生了生命的幻灭感。他写道："况修短随化，终期于尽。古人云：'死生亦大矣。'岂不痛哉！"王羲之觉得"生死契阔"终究不是件挥一挥手的潇洒事情，生与死之间这么大的划界，是要渡的，因此，他寻求"道"。

是因为蓄念已久？还是兰亭雅集触发的玄机？两年后的王羲之，辞官来到剡中。彼时，大哲学家阮裕已隐居剡县，占田筑舍，经营庄园，操修德业。更有竺道潜、支遁、孙绰、王洽、刘恢、许询、殷融、郗超等先后入剡。他们中有一流的政治家、哲学家、文学家、书法家、绘画家、音乐家、雕塑家，还有大德高僧，可说群贤毕至。

王羲之看中的剡东金庭，是个山间小盆地，万千山峦，在天际画出优美的起伏线。十里平溪穿流而过，成为一条平稳安详的经脉，滋育着两岸的丰腴良田。白云洞、石鼓山、香炉峰、五老峰、放鹤峰、瀑布山等胜景仙气缥缈，充满神秘的美感。峰峦之上，烟岚环绕，峰峦之下，万物歌唱。在那个和神无限接近的时代，很容易让人相信这一切源于神的伟大创造，或者是仙的眷顾驻足。你看，《道经》和道教《云笈七签》就说，金庭为道家二十七洞天，琅琊王氏的始祖王子乔飞升后，成为主持金庭洞天的神仙。王子乔号白云先生，爱吹笙，作凤凰之音，金庭白云洞是王子乔的栖神处、吹笙处。这样的缘分，王羲之心中一定回响着先祖的召唤，祈望着归依，选择此地栖居似乎顺理成章。诚然，魏晋时期，王子乔是很多求道者心中的偶像，比如嵇康的《代秋胡歌诗·其六》说："思与王乔，乘云游八极。思与王乔，乘云游八极。凌厉五岳，忽行万亿。授我神药，自生羽翼。呼吸太和，炼形易色。歌以行之，思行游八极。"谢灵运作《王子晋赞》："淑质非不丽，难之以万年。储宫非不贵，岂若上登天。王子复清旷，区中实哗嚣。喧既见浮丘公，与尔共纷翻。"都是对王子乔驾鹤升仙超尘脱俗的赞赏和向往。

王羲之带着夫人郗氏、乳母毕氏及六子王操之开始在金庭经营庄园建造精舍。按东晋的占田法，官三品可占田 40 顷，王羲之和王操之两父子可占田 80 顷，足可打造一个万亩庄园。

老年的王羲之喜欢穿着宽松的袍子，在庄园里种药、植荷、栽果。这里果树繁多，青李、沙果、海棠果、樱桃、大柿、橘、柑、栗、桃、榧、梅……都有各自的生长空间，充满着自足的繁茂。王羲之不仅喜欢栽培，还喜欢改良果树。他经常和好朋友——益州刺史周抚交流种植经验，请他寄来优质的种苗，还特别叮嘱注意邮寄的方式。许多种子在他们的交流中完成了东西方的大迁徙。不知道植物是否也有乡愁，它们从西南来到江南，重新适应着风霜雨雪和土壤里的酸碱度，就像南渡后的王氏子孙在这块土地上扎根生长。王羲之在一封给周抚的信中说："吾笃喜种果，今在田里，唯以此为事，故远及足下致此子者，大惠也。"每当水果成熟，他便兴冲冲地领着儿子抱着孙女来个采摘游。"修植桑果，今盛敷荣。率诸子，抱弱孙，游观其间。有一味之甘，割而分之，以娱目前。"沉甸甸的果实丰盈枝头，连空气中似乎都带着微醺，分尝的甘果在唇齿间绽开喜洋洋的香甜，给王羲之的肌体和精神都注入了愉悦和力量。

恍惚间，一枚李核从他手中跌落，落在一千多年后的水土上，发芽、抽枝、开花、结果……我们叫它"桃形李"又叫"羲之果"。如今，2.5万亩的桃形李让天南海北的人们尝到了金庭特产的甘美。无常是世界的恒常，这果实却像一份永久锁鲜的承诺，传递着基因的密码，联结起时空中许许多多的故事。如果王羲之看见，不知道惊讶和欣慰，哪个会更多一点？！

除了这些，庄园里还植桑育蚕，缫丝织绸，兴建了丝织业的手工业作坊。云霞一样的剡绫让东晋的衣袍增添了一份靡丽。造纸业更是做到了全国顶流，有剡藤纸，质地优异，声名远播，朝野钦慕，纸贵难购。"纸被围身度雪天，白于狐腋软于绵"，纸张轻白居然可做丝绵被絮。剡藤纸中又以剡槌为精。槌者，精心捣制而成，或曰剡搥、剡石垂、剡椎。唐人顾况《剡纸歌》云："剡溪剡纸生剡藤，喷水捣后为蕉叶棱。"王羲之晚年的书艺"乃造其极"，被陶弘景称为"末年书"。除了他"思虑通审，志气和平"，大概与有了剡藤纸的加持也不无关系吧。金庭庄园里还生产一种名曰"侧厘"的笺纸，也是上品。王羲之常用来好友间唱和酬答，也是雅礼。晋裴启《语林》载："王右军为会稽令，谢公就乞笺纸。检校库中，唯有九万枚，悉与之。桓宣武云：'逸少不节。'"还有一种麻纸，王羲之书曰："下近欲麻纸适成，今付三百，写书竟。访得不？得其人，示之。"船一样的纸，承载着书圣的墨迹，悬浮在浩浩汤汤的时光之河，它们特有的古典和抒情是独一无二的，任时光流转，科技更迭，它们的美地老天荒。

王羲之写字、修道、访友……田野间、山坡上、小溪边都留下他走得快走得慢的身影，赶着鹅，带醉行，宽袍大袖，行走带风。极目远眺，一道道的田塍将土地分割出精美的图案，勤劳的农人俯身弯腰的姿态也像极了在大地上书写，他们种植着庄稼和生活，也收获着土地的馈赠。王羲之请酒邀茶，喜气洋洋地邀请中表亲属一起来分享丰收的盛宴。他在《与谢万书》里表达了这种田园生活的愉快："古之辞世者……今仆坐而获逸，遂其宿心，其为庆幸，岂非天赐！……比当与安石东游山海，并行田视地利，颐养闲暇。衣食之余，欲与亲知时共欢宴，虽不能兴言高咏，衔杯引满，语田里所行，故以为抚掌之资，其为得意，可胜言耶！常依陆贾、班嗣、杨王孙之处世，甚欲希风数子，老夫志愿尽于此也。"

话说到这里，春去秋来，四季更迭，自然万物都在物质循环和生死交替，这是大地的玄秘之美。宦海浮沉也罢，归隐田园也罢，都是人生图卷。然而，天师道偏偏勾勒出一个神仙世界。与王羲之同时期的著名道教改革家、炼丹家葛洪在他的《抱朴子》中更是全力论证神仙的存在，他说药分成上中下三等，下药除病，中药养性，吃了上药则立刻"身安命延，升为天神"。草木是下等药，石中黄子、石桂、石英、石脑、石硫黄、石台这些矿物质为中等药，吃了能长命百岁，上等药则是丹砂、黄金白银等。葛洪也曾入剡修道炼丹，剡西一带还有丹井、洞天、葛仙翁祠等遗迹和传说。葛洪是否羽化升仙谁也没见过，但他确实活到了耄耋之年。那种由钟乳、硫磺、白石英、紫石英和赤石五种石头提取的五石散，现代人一看就重金属超标的，却是东晋贵族圈风靡一时的"神仙药"。王羲之"雅好服食养性"，但长期吃药严重损害了他的健康，以致晚年沉疴难起，痛苦万状。在他留存的650多份杂帖中，我们没有看到救赎，反而是深受疾病折磨的痛苦和无助。他在一帖说："昨因过哀，几不能举步。而早来服寒食散后，强自起行，故更觉顿乏。"还有一帖言："服寒食散后不可饥，然复不宜多食，无论日夜，须数数进饭，故曰勤以食啖为意也。"很多帖更是描述了症状和感受，诸如"疾患经日，兼煎劳不可言"的煎熬、"吾故苦心痛，不得食，经日甚为虚顿"的虚弱、"吾顷胸中恶，不欲食积日……五六日来小差，尚甚虚劣，且风大动，举体急痛"的痛苦。诸如："至陟冬节，便觉风（风痹之疾）动，日日增甚。至去月十日，便至委笃，事事如去春，但为轻微耳。寻得小差，故尔不能转胜。沉滞进退，体气肌肉大损，忧怀甚深""吾胛痛剧，灸不得力，至患之。不得书，自力数字""十九日羲之顿首，明二句增感切，奈何奈何，且食少，至虚乏，力不一一。羲之死罪""五月十四日羲之，近反至也……吾肿，得此霖雨转遽，忧深。力不一一""诸弊日甚，不知何以救之""吾顷无一日佳，衰老之獘日至，夏不得有所噉，而犹有劳务，甚劣劣"等叙事，莫不反映出肉身的困厄挣扎，让人不忍卒读。

但是，就像北斗星将把勺无数次的回转所指向的使命，王羲之在书之一道上，注定要走出一条圣迹昭昭的路。他握紧了笔，饱蘸着深渊里的黑，每一次的书写，都像是一种对抗和自救。他晚年的书法登峰造极、更臻化境，留下的《黄庭经》《东方朔画赞》《十七帖》《快雪时晴帖》等传世书帖，光照万丈。

王羲之只在金庭生活了 6 年，那些寒来暑往、春耕秋收的细节却丰富而深刻。灵鹅、观下、岩下、济度、念宅、王罕岭、孝康……他在这片土地上留下众多或确或疑的遗迹。一个村名、一条山岭古道、一条溪流，让魏晋的传说与风流具体化了，变得亲切可感，也让后世文人思慕不已。李白对此作过想象，写了一首《王右军》：

右军本清真，潇洒出风尘。

山阴过羽客，爱此好鹅宾。

扫素写道经，笔精妙入神。

书罢笼鹅去，何曾别主人。

　　写得比较具体的，应该是唐穆宗时国子祭酒裴通的一篇游记《金庭观晋右军书楼墨池》。彼时，金庭庄园早已被王羲之的五世孙王衡舍宅为观，唐高宗赐名为金庭观。裴通追慕王羲之入剡，于元和二年（807年）春天，与二三道友去金庭右军旧宅游览，写道："越中山水奇丽，剡为最；剡中山水奇丽，金庭洞天为最。洞在县东南，循山趾右去凡七十里，得小香炉峰，峰则洞天北门也。……是以琅琊王羲之领右军，将军家于此山，书楼、墨池旧制犹在。……通以元和二年三月，与二三道友裹足而游，登书楼，临墨池，……经再宿而还。以书楼阙坏，墨池荒毁，话于邑宰王公。……即事题兹，实录而已。"通过裴通的眼，我们可以窥见唐朝时的剡中山水和金庭观的面貌。在生生灭灭之间，裴通远去的足迹，亦如落在广袤大地上的神曲，与金庭观变得密不可分。

　　1600多年后的今天，我们再看金庭观，就是"风烟俱净，天山共色。从流飘荡，任意东西"。几经流变和兴衰，现今的金庭观内奉有王羲之的雕像，按旧制建有右军书楼、玩鹅亭、右军祠等。每年在这里举行国际书法朝圣节，日本、韩国、东南亚等书画界、文化界人士不远万里慕名前来拜谒，让我们看到了文化的力量。

王羲之谢世后，卒葬于金庭观旁边的瀑布山（又称紫藤山）南麓。穿过金庭观东的石牌坊——王氏后嗣孙秀清于道光二十九年（1849 年）所立，额枋上镌"晋王右军墓道"字样，沿着卵石铺就的墓道前行，森林葱郁，野花遍地，溪流从山涧飞泻，流过沃野，散发出浓郁迷人的大地气息。宋代《剡录》中描绘的"古柏蔽日，瀑布挂潭，青山环抱，碧溪蜿转"的胜景，依然实打实地传递着金庭洞天的亘古魅力。

过石桥，新修的青石墓道，宽广了不少，两旁翠柏森森，像两列卫兵，护卫着通向幽径深处的王羲之墓。时光会消磨掉很多东西，守墓人的孤独，已经遁入时光深处，徒留一个叫后厂的村名。

越过几十级石梯，高台之上，圆形的墓背靠青山，墓顶上青草摇曳。墓前是一座单檐挑角的方形石亭，亭中竖立着一块石碑，正面是"晋王右军墓"，背面刻着"大明弘治十五年三月十五日吉旦，浙江军政处承宣布政使司右参议吴（潘）重立"，字迹斑驳。这个小小的、朴素的墓冢，是"世间最美的坟墓"。向着太阳月亮、雨露星辰，向着全世界的崇拜者和热爱者，完全敞开着。墓道两旁栽了几十株樱花，是日本友人参加书法朝圣节时所植。坟墓四周的苍松翠柏，山石溪流见证了络绎不绝的拜谒者在此献上的一份份敬意。

我想起王羲之曾在《儿女帖》中不无得意地写道："吾有七儿一女，皆同生。婚娶已毕，唯一小者尚未婚耳。过此一婚，便得至彼。今内外孙有十六人，足慰目前。"王氏家族在王羲之的名字下，生命开始分叉，像棵枝繁叶茂的大树，长出了无数的根系。无数的缠绕和联结，顺着田野的褶皱延伸，让一个又一个的村庄，盖上了王姓的徽章。

从南宋开始修纂族谱，《金庭王氏族谱》像一条跨越星汉的长长脐带，记录着王氏一族的瓜瓞绵延。其中坟籍是家谱的实物档案。王氏结庵守茔，孝悌传家，祖墓记载甚详。仅唐朝以前就记载了自一世祖王羲之葬瀑布山到十六世雍葬小坑山之原的 14 座王氏显赫人物的唐前墓葬，这些墓葬分布在平溪盆地的东南西北。坟地挨着村庄，坟头与炊烟遥遥相望，是死也是生，是换一种方式守护。

王羲之在瀑布山下的高台上远远地望着，看着从他这里出去的后人，看他们在构建的家园里，欢笑和流泪，高歌和号哭，悲伤也快乐，像他一样匆匆走完或长或短的人生。当他们归入祖先的厚土，位列进那册宗谱，便也成为那方的祖灵。有了宗谱就有了家乡有了根，人世间就是无数个家乡组成，一代代人来了又去，去了又来的悠长时间中，辈分清晰，秩序井然，都在为家乡而努力。

二

时光到了南宋，王氏一脉已经传了二十九世。族谱里记载了一件大事，王羲之二十九世孙王恺在卧猊山麓建房筑舍。"在元代至元到至大年间（1264—1310）肇营广厦。明武德将军、秦王府教授冯益所撰《明处士西谷王公墓志铭》中云：高祖兰室翁，尝筑猊山之阳。极其崇丽，人号华堂。"自此，华堂犹如神选，带着应许的祝福，绵延了700多年，成了王羲之后裔最大的聚居地。

平溪江日夜不停地流，江畔发生的一切，它都记在心里。它是见过大世面的，王侯将相、名士俊杰、高僧大德……他们飘逸的衣袂都曾走过江上的木桥，有的走着走着就在华堂扎下了根。我脚步闲散地踩在他们的足迹上，想起木心的俳句："水边新簇小芦苇，青蛙刚开始叫，那种早晨，村鸡午啼，白粉墙下堆着枯秸，三树桃花盛开。"一颗心犹如微风掠过江面，轻轻地漾动。

江边有一座碉楼，矗立在一片土砖烟瓦之中，顶端是一个六角翘檐的亭，烟青的砖层层叠叠，像筒子一样结实，像哨兵一样坚挺。有老伯坐在沿江的石凳上"望世相"，神情安逸。点着脚下的一排基石的遗址说："老早辰光，这是一条城墙，和这个碉楼一起抵御匪患。喏，前街尽头有前更楼，后街尽头还有后更楼……"前后街串起村庄的架构，碉楼与更楼像两道楣杆，打开卷轴就像打开了书圣后嗣们素简的日子与他们可能有的梦想。

村口高大的牌坊上"书圣""晋圣遗风"几个大字，勾连起一千多年的血脉通途。旁边高大的樟树绿意葱茏，像极家族繁茂鼎盛的徽章。弹石路面两旁，两口方塘藏风纳水，将一切的景致印染其中，蓝天、白天、绿树、红花，构成了一幅美妙的图画。微风吹过，縠纹微皱，碧波粼粼……早春的归燕绕着水塘盘旋起舞，时不时地用喙啄破水面，打捞起水中的云彩。一到盛夏，满塘碧色，热闹的新荷打开了季节新的册页。

挂着"纯一不二"牌匾的王氏宗祠的大门被徐徐打开，一种古朴的气息扑面而来，这气息里夹杂着魏晋风流、唐宋风韵、明清遗绪。建于明代正德七年（1512年）的宗祠，是一块时间酿造的琥珀。修缮后的门楼、孝子殿、后厅、厢房，像是经过了医美的面庞，重焕了光彩。站在精致的三孔小石桥上，孝子殿像一朵青荷亭亭伫立在水中央，檐上龙吻轻舞飞扬，四周连廊相接，廊内还有美人靠。微风吹皱一池碧水，仿佛也吹动了殿内坐像的衣角。500多岁的石桥斑驳风化，摩挲着石栏与石柱，仿佛触摸到时间的肌理。不知道是时光雕刻了石头，还是石头站成了时间的雕塑。

宗祠前后风格迥异，与前面孝子殿的小桥流水不同，四合院式的后厅规整传统。殿中央王羲之像端坐在血脉上游，层层叠叠的王氏祖宗神位簇拥两旁，庄严肃穆。

孝子殿坐着的是王氏三十六世王琼及其石氏夫人。故事有点悲壮：明初，时局动荡，王琼父亲在村上武装村民防止兵匪骚扰，却被人诬告到官府，说其有意谋反。王父被判入狱，新婚不久的王琼念老父年事已高，恳请代父充军。然而，身体赢弱的王琼不久就客死异乡，年仅25岁。其妻石氏矢志守节，抚养稚儿孝敬公婆，受到族人敬重，其曾孙感念曾祖的纯孝和贞节立祠纪念。这个波光潋滟、碧荷映日的水轩，无论从哪个角度看去都自成风景，见者无不为其设计的巧思而赞叹。看着轩中端坐的夫妻，我不禁想起金农的那幅《荷塘忆旧》的题字："荷花开了，银塘悄悄。新凉早，碧翅蜻蜓多少？六六水窗通，扇底微风。记得那人同坐，纤手剥莲蓬。"明月清风，岁月静好，王琼夫妻相偕而坐共抵地老天荒。或许，这是风雅的曾孙为受尽苦难过早分离的曾祖打造的一份美丽愿景图吧。石氏太婆还有另一传说——平溪江水患，石氏太婆为守护家园，变卖嫁妆首饰，出资修筑河道，引进活水，在村里修筑了一条两公里多长的九曲水圳，并用卵石铺设街巷。一个女人的大义和智慧像流水，一代代无声地滋润大地。而据《金庭王氏族谱》载，九曲圳是王羲之三十九世孙王普（1423—1496）蕙庄书院的园林遗存。不管是哪一种过往和传说，都养育了这片土地的想象与现实。

显然，水是华堂的精魂。无论是宗祠里的一池"凹"形碧波，宗祠外的两口方塘，还是村庄里星罗棋布的古井，更或是那条蜿蜒如龙脊般的水圳，它们气息相通，气韵绵长，润泽着整个家族源远流长。

穿村绕户，一路涓涓潺潺，如练似绸，九曲水圳以最纯澈的形象流过村庄流过大地。像岁月射出的一张"弓"，穿透无数日子里的轻薄尘烟，见证着时代兴替，奔向未名的远方。

第一曲是90岁的王伯江老先生家，门口挂了民间人才的牌子，满室是老先生手书的大大小小的条幅。老先生有点耳背了，但是精神矍铄。平时就在堂前看书写字，动作不紧不慢，悠闲里透着满足，是岁月沧桑后依然健在的满足。有游客进去，像进自己家门一样自如。见桌上摆放了笔墨纸砚，有小学生开始提笔临摹，老先生很高兴，放下茶杯特意走过去指点。我绕到他家后门，站在第一曲的埠头上看过去，水流从墙弄间穿过，瘦窄了腰身，清冷冷的水汽扑面而来。有两墙之间搭了青石板，开个边门或后门，就可以出来洗涤。整条水圳时而沿墙走，时而隐入民居，甚至流经几家的厨房、厅堂、后院，翻起活动的石板就能完成各种亲水的日常。水流宁静、平缓、自带节奏，也不必担心孩童不小心掉进水圳，自会在下一个弯曲处被拦截。每一曲处设立了埠头，埠头像个冲积扇，汇聚着村庄细水长流的日常。最中心的一个埠头边，墙上醒目地写着"华堂大队水圳公约"，红色的字体斑斑驳驳，但规矩早已践于行习于常：早上7时之前水圳里禁止洗涤，供村民取饮用水；7时之后可以洗菜，9时之后方可洗衣；任何时段严禁把家禽赶入水圳……

当一股恣意的、无拘束的水流被驯化成一道水圳，它就有了使命。流经600多户人家，将近6000人的生活联结在了一起，像一条大动脉支撑起一个村庄的生息。它的舒缓和从容、漩涡和水花、皱褶和涟漪都是村庄的吐纳呼吸，是整个生命的原动力。它流经的样子太生动了，以至于有史家推测，基于兰亭雅集的酣畅经验，九曲圳极有可能是当年王羲之用来宴请宗族表亲的金庭版曲水流觞的遗迹。

　　岁月如刀，收割了水圳边一茬茬的人。开凿水圳之人早已走远，身后留下了这一脉流水供人使用和善待，也留下许多思源的传说和想象。一段缘起，有时候我们能看到一个显而易见的理由，有时候却难以理清源头的一些线头，但不管看起来如何丝滑，背后似乎涌动着无数隐秘的力量。开凿水圳的不管是王家媳妇石氏太婆还是王氏后嗣王普，或许我们都可看作是和始祖王羲之留下的渊源产生了神秘的呼应。水流惠泽四方的基因，让它朝人间值得的方向奔涌不息。

　　"流觞曲水，列坐其次……一觞一咏，亦足以畅叙幽情。"假若王羲之从天上看见，是否会朗声大笑，子孙的样貌兴许早已陌生，但"咏彼舞雩，异世同流"。即便来时未曾同路，或许幸运的我们，可以在华堂的曲水流觞下，完成相认。站在流水汤汤的沟渠边，仿佛那1600多年间消逝了的人事，全部流过了我们的心间，又连同着我们的记忆，流向远方。九曲水圳是古剡大地上最美的书写，如王羲之遒美秀润的书法，游走着出尘的灵气。当岁月散佚了书页、漫漶了笔迹，却永远留下了温存而明亮的手笔。这一缕墨韵，在春风中缓缓地流动，在岁月中点点地沉积，守护着这一片柔软敦厚的家园。

在华堂，一弯曲水包容和滋养着一方的自我生长，灵泽天地，水润古今，清辉不灭。是风水龙脉也好，是水中有灵也罢，或都不甚重要，熠熠生辉的永远是青山，是江河，是曾经发生过的故事，以及正在生活着的人们。

三

无论什么样的村庄，绵绵不绝的，仍是人类在这个地球上世世代代的生活，每个村庄都有自己的味道和品性。我忽然觉得，一个村庄的味道，当藏在一饮一啄里。于是，那天兴之所至地发了个朋友圈："想去华堂人家吃顿饭，细数竟没有可随意登门的朋友。"随即，有几个朋友在"圈"上散淡地回应，既表明了身份，又表达着成年人各种身不由己的歉意，离开故土多年竟也成了需挑时选日上门的客人。基于此，到目前为止，华堂待我都如一般游客无二，还没有哪个老台门邀我入室，吃上一碗地道的苋菜梗、腐萝卜、腌冬瓜，也是一桩憾事。

游走在华堂的街巷中，村子老得有讲究，老街窄瘦，却曾装下嵊州东乡贸易的繁华，茶行、米行、烟行、糠行、布行、柴行……市井百业撑起的是无数乡民的生计。弯弯曲曲的弹石路，很耐看，俯下身去，很多细节朝我们打开。每一粒石子嵌入得那么用力，似要长出一片繁茂的世态人情。前后街格局尚存，挂着"堃号酒作坊旧址、大茂茧行旧址、锡洪打糖、王记杂货、大成染坊、周岩丝厂、姚谕源布店……"各色招牌，像是旧片里的布景，烘托着气氛，给人曾经的商业繁华的想象。杂货铺比较好演绎，王记招牌下，摆上几款普普通通的烟糖酒水，便可和游客村民进行商业互动。而街口的理发铺子、打糖铺子等基本没有什么商业行为，更像是行为艺术，只有几件老物件传递着光阴与情怀。商铺间夹杂着武桂堂、德星堂、周岩故居、王根耀台门、十四间大院、天益堂、善庆堂、居所堂、一清堂、王国权台门等一溜的老台门，它们各自从明清、民国的时光里走来，交叠着不同世界里人们生活的影子。历史是很残酷的，会筛掉很多普通人，但是有许多名字也会因一幢建筑重新从时光中浮现出来。斑驳的粉墙，绵密的鱼鳞瓦，有老妇人安详地坐在门口择菜蔬，有三两老人捧着茶杯，坐在店堂里聊天，呈现出被琐碎的生活招安后的平静闲适。

街不长，尽头，更楼静静伫立，从明代传来的更鼓声早已隐入了时间的纬度。街上的烟火气，如同墨色，清清淡淡，斯斯文文，沿着一片片的屋檐游荡，传递着故事。有台门敞开着，顺脚跨进去细看，像翻阅旧书，鼻息间腾起一股压尘气。周岩故居，一座民国风的院落，三进还剩一进，天井裁剪出一小块四四方方的天空，楼上围廊的木栏朱颜已改，阳光穿过挂落上的木雕细棂，落在刻了六边形花纹的水磨地面上，精美而残缺。人事远去，连同听训堂、居所堂的木柱、牛腿、窗花，以及24间大院的拱形门楼、写着"桂秀兰芳"的石门楣……都在陈述着昔日的辉煌。台门老了，有的更名换姓，有的有了错综复杂的命运，以及波澜曲折的一生。

村庄的中段，有一座神庙——这般叫法，让人瞬间联想到古埃及太阳神庙、古希腊的宙斯神庙，巨大的圆形石柱，精美的浮雕和彩绘，有一阵时空混乱的恍惚。而实际上，眼前的神庙是纯中式的。进门有座古戏台，飞檐翘角，两条灰塑龙吻脊，鱼鳞瓦垄间有小草细细碎碎地呼唤着春天。四根柱子不知因何活动包了红布，牛腿和藻井精致华美。台前蹲着两座石狮子，侧着双耳，大概听多了戏文，两眼迸射出睿智的光芒。两位帝君仙人在屏门上衣袂飘飘，隔着天井，正对着对面一溜儿排开的五开间大殿，殿宇两侧五马头墙层层叠叠，气势非凡。这里一定是这个村庄最繁华热闹的地方。越乡的宗祠或家庙里一般都建有古戏台，但这么气派的大殿还是少见。我仿佛看见了四乡八村的人们扛着长条板凳蜂拥而来。在农耕文明的时代，戏台是乡村的精神粮仓。锣鼓响起，大幕打开，放下农事，丢开焦苦，心情一寸寸延展，日子在仪式感中有了盼头。戏如人生，剧情冲击着人们的内心，带给人许多生存的智慧、人生的体悟。看多了，听多了，就知事明理，豁达通透，日子好过的、难过的，便也这么过去了。

午间寂静，日光含懒，直直地从天井上方投下来，为戏台修出一个静美的剪影。岁月的落款，安静而斑驳。大殿内壁上挂着华堂村史人文介绍，村庄里可以拿出来说道的那些事儿在几个镜框里挤成一团。而更多的更有趣的事儿，却在镜框外翻不到的角落里发酵，令人浮想联翩。

华堂史称"十庙十庵十祠堂"，但它们大多隐入时间深处。很多建筑都植入了新的社会功能，诸如"王羲之家训综合馆""新祠堂""农家书屋""新文明实践基地"等牌子琳琅满目。名称带着时代的印记，烛照着一个家族的文脉。装了新内容的老建筑，呈现出反差美。看，卷轩式前檐，檐枋上雕刻着双龙戏珠，牛腿上的四大金刚，怒目飞扬、栩栩如生，照壁上彩绘着飞禽走兽的图案——说是新祠堂，却拥有古老的血统。泥塑、木雕、石雕、砖雕，百工荟萃，屋脊、斗栱、瓦当、牛腿……拥有的细节，穿过时光，优雅地盛放，提醒着祖宗的审美和智慧都不可辜负。还有老台门改装的新民宿，腔调十足，适合喝茶发呆——回廊花格窗下，倚栏静坐，粉墙黛瓦如山水墨韵，抬头是闲云游过，草色入帘，红灯笼随风微摇。

想起王羲之的故事，就会觉得，华堂文气氤氲。东晋琅琊王氏，满门风雅，名人才子辈出。但支撑这个名门望族的，不仅仅是权力和财富，也是文艺与家学。以王氏为中心，建立了庞大的交游网络，呈现出一派意气风发、风流倜傥的景象。王羲之是王氏家族的代表人物，晚年远离官场，在闲云野鹤、翳然林水间寻求启悟。人对自己看重的东西，长存使命感。王羲之在人生的最后6年，习书不辍，教习书艺，点拨后学，老少不嫌。他的心性、他的教化、他的行迹，自由舒展在金庭的山水之间，凝练成金庭王氏家训代代相传："上治下治，敬宗睦族；执事有恪，厥功为懋，敦厚退让，积善余庆"。这24字从治国的高度、国与家的关系开篇，最后落实到如何"做人"，要求子孙以"和""孝""规""学""义"为核心理念来为人处世，可谓环环相扣，具体而微，其意义甚至是超越家族和地域的。

　　王氏的风雅，绵延了千百年。连那一条水圳，也幻化成了华堂文脉的一部分。"旧时王谢堂前燕，飞入寻常百姓家。"这里的人喜欢书法，有白天锄地、晚上习字的农民书家；有边做生意边练字的老板娘。上至九旬老翁，下至小学生，都在自在的挥洒中传承着翰墨精神。我认识的青年书画家王大庆、魏琦都出生于此。王大庆是王羲之第五十四世孙，出生于书画世家的他，诗、书、画、印皆有涉猎。擅国画山水与没骨花鸟。所作山水清丽，无时俗态，有书卷气。远岫悠邈，近水横流。山高林密隐士居，超然有出尘之思。魏琦放达，诗心游艺，一任自然。见笔见性情，天然去雕饰，认为败笔与神来之笔共生，书法错字漏句与涂涂改改的精彩相杂，皆是艺术品之真面目。这让人想起王羲之醉书《兰亭序》之酣畅。魏琦崇尚自然，视野所及都是他的猎物，信手拈来，万物皆着我之色彩。这样人才辈出的华堂，另有一种张力，令气象宏富沉厚，一如仓廪丰盈。

从金庭到华堂，是一条天链，是一条河流，环环相扣，万物勾连，顺流而下。脑海中忽然浮起张爱玲的一段话："细看却是小的玉连环，有的三三两两勾搭住了，解不开；有的单独像月亮，自归自圆了；有的两个在一起，只淡淡地挨着一点，却已经事过境迁。"

这个春天，遥想千年流水，百载风流之上，那涓涓流淌的王氏血脉，自青简里、书页间、烽火中、红尘处，向你绵延而来奔突而来贯涌而来。岁岁年年，如这座村落的文脉延绵不绝。

2024 年 5 月 22 日

贵门记

一

嵊州方言把"贵门",发音为"居门",读起来"居"字平调稍拉长又加点越语特有的婉转,"门"字短促,像个语气助词,这就使得这"贵"字十分强调突出,犹显尊荣。贵门对幼年的我来说,代表着一群操着硬邦邦的南山口音的乡民,在姑妈家里进进出出,代表着那里有个书声琅琅的南山中学,姑父在那里当了多年的校长,把自己也当成了一棵南山的不老松。姑父那每每自豪的语气,总让我神奇地以为贵门是个开眼界的十里洋场,渴望着跟去看看,却一直没能实现。或许因为想象得狠了,多年后当我真正站在这块土地上时,久久回不过神来。想象的底色太厚了，很长一段时间都无法用现实的图景抹掉，它始终若有若无地漂浮在时间的混沌之上。贵门于我，便成了"花重锦官城"一样秾艳的地方。

第一次去贵门源于一场采风活动，这使得我和它的相见有了一种抒情性。

穿过村口古老的香樟树，沿缓坡而上，一座四合式二层建筑掩映在青山翠竹间。底层为石砌台基，台基之上构建木结构房屋，四面相向檐廊相连。东侧为更楼，西侧为书院。南、北两面各建一个拱券洞，垒石而成的拱券洞上分别写了"古鹿门"和"贵门"，从拱门进去，中间便是正方形的天井，拱券洞背面的字迹成了"隔尘""归云"，苍劲的字体老出了岁月的包浆，像是这个书楼的灵魂。站在天井中，仿佛空间、时间、人物同时出现在一个平面上。所有的感官都收敛起来，天光从天井上洒下来，有风声拂过，便进入一个想象构建的意境，而想象蜿蜒，不知终处……

现在的贵门，各种古老的遗迹多半成了朱熹的印记，吕规叔却成了隐在后面需要查阅的故书。浩荡的时光，淘尽了人间一个个鲜活的生命，大多成了无据可考的古人。朱熹作为中国的一座思想文化高峰，显然他足迹所到之处皆成地方文化的胎记。而事实上，吕规叔才是这片山水该铭记的主角。1174年的南宋，朝廷偏安一隅，刚刚天命之年的吕规叔绝意仕途，辞官归隐了。有一天，他到剡地丈母娘家走亲。从婺州一路过来，走到鹿门山一带，见"其山崖嶂干云，嶙嶒森错"，山涧时闻鹿鸣之声，只觉山水清妙适宜安放灵魂肉体。遂从婺州迁居鹿门，在此地定居了下来。

　　出世与入世，书斋与庙堂。人生的角色在转换，但经世济时的理想不灭，只是换一种方式做实事而已。吕规叔将他的政治热情全部转移到了办学上，将他的学术思想倾注到著书教学上，"凿山叠石一朝成，结构精舍三十楹"，不遗余力地建成一座鹿门书院。吕规叔出身"文献世家、中原望族"，吕学强调"多方求师，不名一师，转益多师，学以致用"。自身延续的强大文化背景、理学大家的视野和胸襟、多年学官生涯的体悟和思考，使吕规叔对各种学派都抱着"兼容并蓄"的态度，使得鹿门书院的起点就很高，加上侄子吕祖谦前来鹿门书院讲学——吕祖谦是浙东学派的代表人物，与闽学派的朱熹和湖湘学派的张栻并称"东南三贤"（和朱熹相比，或许吕祖谦和张栻都欠缺了一样东西——长寿）。"人之法便是人情物理所在""其外虽疏，其中实密……"吕学思想在此传播，一时间学子墨客纷至沓来，各派学术相互交流碰撞，迎来了书院的高光时刻。鹿门书院与当时东阳的石洞书院、金华的丽泽书院遥相呼应，推动了南宋学术的繁荣和发展。"日月两轮天地眼，诗书万卷圣贤心"，这是一代学者的天目，也是哲人的博大情思。

宋代是书院教育的极盛时期。吕规叔的家庭教育也是成功的，独子吕祖璟文武兼修，智勇双全，官至淮南安抚使（淮南地区的军政长官）。他治边"恩威明信，盗寇皆惊"，曾得皇帝批示嘉奖。后来辞官时宋宁宗还写了首长诗送行，准许他还乡后继续演武训兵，便有了赐建演武更楼之事。相当于允许地方私自组织武装力量，这对于一个封建王朝的主宰来说，该是莫大的信任。吕祖璟继承了父亲的文化教育事业，又进行了大幅度的改革，文武兼修的培养方式使鹿门书院为封建时代的教育注入了一股清流，带来了新的气象。斯文的书院活泼起来了，操练声豪气干云，空气中蒸腾起了狂欢的意味——"这些小树苗一样的声音，开出不一样的花，化为不一样的鹰，瞻望不一样的星空"（唐诺《少尉》）。一些旧事在历史尘烟深处细细钩沉起来，让人肃然起敬。更楼上那些静穆无言的石锁，封存在岁月深处的刀、枪、剑、戟……或许没能驱除金人的马蹄，却也构筑起了护佑一方的雉堞。生命是活出来的。林壑深秀，泉池清幽，吕规叔父子叔侄在此滋味经籍、潜沉学问、讲经释义，给这方水土播下了读书的种子，营造了芬芳馥郁的书卷气息，增添了优雅厚重的文化色彩。他们留下的精神财富，关于仁、义、礼、智、信的思考和身体力行的做法，最后都融入了我们传统文化的基因中。他们走进了这片山水，也成了山水的一部分。

一声声鸟鸣带来了王维和孟浩然的诗句。看着现在荒草漫漫沉寂的古道，很难想象这在古代是一条"动脉血"。南北通衢，商贸往来，鹿门书院当时既是通向婺州（金华）的要道，也是军事要塞。如果从路的来处一直看过去，我幼年"异世通梦"般的想象或许是有来历有线索的。因为，除了书香，素有"十八碗窑，三千烟灶"之称的贵门也曾点燃手工业的繁华。那些埋葬在地层里的无数的陶瓷残片，都在讲述着这里曾是一片我们回不去的"神迹"所在。路是没有声音的，但它分明又充斥着各种杂沓的脚步声，有马蹄的疾驰、车辘辘的滚动、草鞋的摩擦、布鞋的轻叩……这些脚步声都是模糊的，像落在地上的树叶和花瓣，没有谁能说出它们的名字，它甚至并不十分清楚将作为个体的生命带向哪里，但是他们都曾经真实地敲击过大地。

李白在《梦游天姥吟留别》中说："且放白鹿青崖间，须行即骑访名山。"鹿门书院作为一个可观可触可感的载体，一种古典文化的象征，历经兵燹天灾，数度修建，始终屹立于人们心中。它像一头白鹿，驮起信念和理想，人们在这里随时可以出发。

二

　　"叠书岩畔草堂开，杂树无多多种梅。"把书院建成精舍，而自己的安家之处，却草堂一间。但吕规叔终归是有文人的审美和风雅。手植的数枝梅花，每到冬天，疏影横斜，白花如海，谓之白宅墅。啜一口茶，抬眼便见青峦叠嶂，鸟鸣深涧，万物皆生欢喜。喝酒、读书、教学、做学问，有山中不知岁月的安闲和静气。花开花谢，30余年光阴转瞬即逝，吕规叔绕过了理想的寂寥，他为人心和山脊种下了一颗种子。

　　淳熙九年（1182年），时任浙东常平茶盐公事的朱熹到剡地赈灾，上鹿门山寻访故友吕规叔。

　　遥远的古代，山道上缓缓走来一个人影。知道有朋自远方来，吕规叔内心肯定是升腾起了一种比火焰还要热烈的情绪。他急切地迎过石桥，时间在这座桥上停留了800多年，我们还能闻到友情的味道。

　　作为一方大儒，朱熹一生不仅在各地创办和重建许多书院，从岳麓书院、白鹿洞书院到寒泉精舍、武夷精舍，也热衷于学术圈的交往，足迹遍布全国各地。此次借赈灾之便山水兼程赶来鹿门书院访友讲学，多少有点不务正业之嫌。但朱熹虽是理学家，日常行为却是从形而上的理论躯壳里解脱出来，融

184

入世俗日常，身上始终保留了一丝烟火气息。他年轻时常常负箧出门，遍访名师。有时看书看到头昏脑胀，也会发发"书册埋头无了日，不如抛却去寻春"的牢骚。鹿门山水清雅，讲学之余，朱熹和吕规叔一起登游庐峰，在白宅墅草堂前喝酒品茶，谈经论文。虽然两人思想体系并不相同，有切磋争鸣，仁者见仁，智者见智，各抒己见，但不妨碍他们惺惺相惜。花期正浓，大片大片的梅花高高低低地开满山野，灿若云霞，将白宅墅的草堂也镶上了盛装的蕾丝。"阳春召我以烟景，大块假我以文章。"就像穿越剧中常常出现一种叫"梨花白"的酒，我不知道此时的吕规叔是否奉上了一壶"梅花酿"。他们在梅树下畅饮，花瓣纷落如雪，酒杯里自有气一般蒸腾的才华。朱熹是个妙人，我不由得想起他的另一则逸事——宋绍熙三年，也就是距此 10 年后的某一天，辛弃疾去福建做官，顺道去看望好友朱熹。两人见面，自一番欢喜。朱熹提议喝两杯，辛弃疾欣然答应。酒端上来了，却没有菜，辛弃疾说："干喝没意思。"朱熹想了想，让仆人用盐水煮了一碟子黄豆，喝一杯酒，吃一粒黄豆，如果你喝一杯吃两粒，他的脸色就会沉下来……这或许只是借由对生活奢靡的辛弃疾的不满和暗讽，但朱熹的可爱也可见一斑。800 多年的光阴云遮雾障，我们永远无法窥见朱熹和吕规叔坐在一起把酒言欢的场景。但在没有影像记录的年代，有美得惊心的诗文，为往事留下注脚。看到四周老梅怒放如琼花，朱熹兴致高昂，挥笔题下"梅墅堆琼"，又见村口小桥流水，喷珠溅玉，又书"石泉漱玉"。看着石刻的"梅墅堆琼"让人不由地想起李商隐的那句"桐花万里丹山路"，一样带给人云蒸霞蔚、气象万千的既视感，一样堪称是一次文字上的飞跃，却让人推演出不同的感受来："梅墅堆琼"充满着积庆的喜悦和赞美，一个"堆"字，是聚集，是积淀，无论是人还是物，它的美好都成倍地累积和叠加起来了，我们都能触摸到这种厚度。而"桐花万里丹山路"，视野铺展开来，苍茫辽阔，"万里"两字，来路迢迢，去路也迢迢，一言难尽一切。吕规叔捋须盛赞朱熹笔意："瘦健苍古，别具神锋。"朱熹夸吕规叔，夸鹿门书院，无以表达内心的敬仰，便以"贵门"两字相赠——从此鹿门这部烂漫的天书就有了一个厚重金贵的标题。其实，李易由给事中解职，前来投奔这片山水，就曾感慨："鹿山今是贵门山，尽室携扶万壑间。"确实，"山有贤人良足贵"啊，这位南宋的第一位状元郎卜筑贵门，留下了大量吟咏山水风光的诗文，为此地踵事增华，也为我们留下了一幅幅鲜活的南宋山野耕作图。

老去的时间触目惊心，巨石与字迹都面目沧桑，陈年月色，旧事前欢，都在斑斑绿苔中。如雪的梅花却永远被人阅读和重温，从这个意义上来说，种下书香的吕规叔才是那个寒梅皈依的精魂。

从鹿门书院到白宅墅村，走在吕规叔行走了无数个春天的土埂路上。路边的竹篱笆上爬满了丝瓜、南瓜，菜园里的茄子、豆荚、韭菜、大蒜，一行行排列整齐、生机盎然——那些亲手种下它们的人，在播下种子的时候，就已经预想了它的成熟与收获，一如吕规叔的辛勤耕耘。

"问渠那得清如许，为有源头活水来。"村口两口并列的古井，恰如一个规整的"吕"字，天光云影共徘徊，也将800多年的人间烟火收纳其间。一株古椰榆"玉树临风"地立在村口，茁壮的枝干向四面伸展，冠盖如云。枝叶有一半已经透曳到水面，大有"八千岁为春，八千岁为秋"的气象。有老人在树下闲坐，像掉下的一片树叶。村庄一直在绵延——吕氏子嗣不断传递着吕规叔的血脉和基因。这里现世安稳、瓜瓞绵延、人才辈出，它反过来证明着吕规叔的眼光。吕氏门风，既通过言传身教传达，也通过家规家训传承。吕规叔在这片山水里种草栽花，种下蓝天白云，种下清风明月。有人说："或许每个人的生命都是一条山谷，丰富与贫瘠，要看你往山谷里种了什么。种下书香，满谷清幽，自会生出青鸟。"

站在访友桥上，一阵风——自南宋而来，吹乱了我的头发和周边的草木杂花。桥的这端，写了红色大标语的粉墙斑驳漫漶——大时代浪潮下总有各种内容细节留存下来，但时间的河流里没有永恒。桥的那头，一棵柿子树旁逸斜出，一个个青柿子犹如岁月的风铃，零叮作响，打破了一场虚构的冬天。道旁的镇中庙里传来阵阵木鱼钟磬，这座风光旖旎的刹地名山，又何尝不是一卷情采丰盈、题旨悠远的经文，千百年让人不忍释卷。吕规叔卜居此地三十余年，那绵密的心事是否也像野草一样生长？"人道公心似明月，我道明月不如公。明月照夜不照昼，公心昼夜一般同。"这是朱熹对吕规叔的推崇。历史滤去了人间烟火、生活过节，只留下书声在古道上千古回荡，一颗丹心照亮了生命和岁月的通途。

"思翁无岁年，翁今为飞仙。此意在人间，试听徽外三两弦。"（苏轼《醉翁操·琅然》）夕阳的余晖中，长衫直裰的吕规叔身影经天纬地。

三

湖水、山峦、明月、清风……就合在一卷书中，无数个春天被翻阅。南山湖将一切装在眼睛里了，湖水的记忆远远超出了人类的记忆，它记住了那时发生的一切。

很多时候，南山湖在大雾中沉思。密林、陡岩、怪石、飞瀑、幽潭、秀峰、悬崖……一切的遮蔽都经过深思熟虑。把远处笼在云遮雾罩中，给近处以影影绰绰的温柔，迷离和澄澈、凝滞和变幻、曲和直、是和非，都被神秘统摄在了一起。其实山还是那座山，湖还是那片湖，但是再也不见了那份粗俗。身在现实而游离于现实的缥缈，是个奇妙而珍贵的生命瞬间。站在望湖亭上远眺，空茫一片的时光里，浸润了800多年书声的湖水，闪着潋滟而自信的光。

这样的一片好山好水，必然有好茶。"刹茶声，唐已著"，茶圣陆羽曾来剡地访山访水访友访茶，他在《茶经》中有明确指向："浙东以越州上，明州、婺州次，台州下。"到了宋代，茶道已经鼎盛，茶艺美不胜收，斗茶、贡茶、赐茶，宋人在茶事上颇下了份功夫。《茶录》《品茶要录》《宣和北苑贡茶录》等茶书相继问世，就连宋徽宗也写了本《大观茶论》，以皇帝至尊撰写茶书不仅古往今来独此一人，也使得饮茶风尚席卷上下，完成了民间的普及。前段时间热播的电视剧《梦华录》里的茶百戏，招式繁多、争奇斗艳，宋人的生活美学成就如此惊人，惊艳了现代人，引发了一波追慕宋韵的热潮。古时文人尤喜以茶待客，以茶会友。宋代诗人杜耒有诗云："寒夜客来茶当酒，竹炉汤沸火初红。"吕规叔当年待客的茶大概还统称为

"剡溪茶"，《嵊县志》记载，李易写的《贵门山仙人洞》诗中有"云巘分佳茗"之句。贵门最好的茶在上坞山，清同治年间，上坞山辉白茶已经驰名大江南北，被列为贡茶。1934年的《嵊县志·风土志》载："南山九州峰上坞茶，甚甘美。"

海拔600多米的贵门乡上坞山村，有连片3800亩茶山。汽车沿着山道蜿蜒地爬至山顶，俯瞰山谷像个巨大的翡翠玉碗。难得的好天气，上坞山撩开素日的云雾面纱，将最好看的一面呈现在我们眼前。层层的茶地在纯净的阳光下，像流动的波纹，荡漾出经典的绿色。云影移动，光线转换，满眼盈翠和青山相融，却又各自绿出层次。

一群人正在观景台上兀自春花秋月，山坡上走下背着一捆竹箬的老人，仿佛一下子向我们亮出了底牌——这才是生活的本质。老人健谈，漫山青绿是话题的开端，也是上坞山人生活的起点。每年四五月间，整个上坞山就是一壶泡开的浓酽的绿茶。"趁时务撷茗，余力工捣楮。"（李易《贵门卜筑》）采茶、制茶、卖茶，山民们沸反盈天与节气赛跑。辉白须采摘一芽两叶初展的新梢，独特的制作工艺造就独特的茶品，杀青、初揉、初烘、复揉、复烘、炒二青、辉锅7道工序，历时15个小时，完全可以让一枚茶叶修炼出精魂。"辉锅"是道神奇的工艺，老茶人手底下有真功夫。200多度的大铁锅，徒手翻炒。

绿色的叶片包裹成似圆非圆、似绿非绿，又被"辉"至色泽呈白，犹如罩了一层白霜，无端地添了几分"月白霜清"的高华，辉白茶也由此而来。辉白茶曲卷似云，沏泡之下只见银毫舒展，苍翠烟浮，芽叶肥壮，嫩匀成朵，茶汤在细白的骨瓷杯里，亮绿明净。一种碧波翠竹的天然清雅，雨过天青的茶意缓缓溢出，醇香醉人。夜雨朝云孕育而成的戢戢灵芽，经久耐泡，就像在娓娓讲述一个春天的故事。啜饮一口，未到舌根便涤荡心尘。一生爱茶如痴的苏轼，谈及品茶的滋味，曾叹道："兔毫盏里，霎时滋味舌头回。唤醒青州从事，战退睡魔百万，梦不到阳台。两腋清风起，我欲上蓬莱！"

周作人对喝茶也有讲究："喝茶当于瓦屋纸窗之下，清泉绿茶，用素雅的陶瓷茶具，同二三人共饮，得半日之闲，可抵十年尘世之梦。"茶是见山见水见禅的物事，在贵门这个有一个有风致有风骨的地方，岂能不喝上一杯上坞山辉白茶！

四

宋元古画，总是高山流水、密林深处隐现几角草堂，不知名的隐士要么曳杖而行，要么涧边奏琴，充满寥廓神秘的意趣。汽车翻山越岭地朝着贵门的山水深处行驶，恍若一头栽进了范宽的《溪山行旅图》中。

山谷高崖上满眼皆是绿树繁花，像大地的一件缁衣。碧蓝的天空，飘着几朵古老的白云。十来户人家散落在山谷，不见炊烟升腾。"野竹分青霭，飞泉挂碧峰。"飞流清瀑，蜿蜒如龙。潭是龙的宿处，贵门山水深处的龙潭也无一例外地都各有典故。但见崖壁苍苍，一线瀑布如幕似帘，疾垂而落，寒气森森。潭水清澈见底，有光线从收拢的顶部照下来，又折射到潭底的石壁，黑漆漆的洞壁上隐隐恍若跳动着火焰，煞是奇特。龙潭口居然放置着锅碗瓢盆及条凳，带队的村支书说，今年持续高温，龙潭成了老人们的避暑胜地。一乡贤心怀桑梓情，为免老人来回奔波之苦，索性买来米面锅盆，让老人在碧水清潭边炊饮消暑，成为一桩佳话。

几人合围的樟树沧桑遒劲，树干上积满青苔，枝叶繁茂得犹如写了部长长的《中国历朝通俗演义》。跨过村口那道奇特的石门槛，陡然有了"登堂入室"的仪式感。这个叫八宿屋的村庄像长在森林里的野蘑菇，与自然浑然一体。相传，元末朱元璋打天下，他和军师刘伯温、大将胡大海四处招徕能人志士。因在苍岩一带发现一只硕大的草鞋，料想鞋主人必然力大无穷，遂循着脚印翻山越岭到处寻访。为了找人，朱元璋一行曾在此滞留了八宿，终于在秤柱坑村访得猛将常遇春。这个无名的小山村也因此得名为八宿屋——名字就像一个故事的悬念。村人说起朱元璋，就像在讲一个远房亲戚，仿佛他们的先祖都曾和这位明朝的开国皇帝一起吃过番薯粥喝过玉米糊。

于坚说："物一旦被灵性的语言超度，进入象征界，它就获得了超越性。"一个并无具体史籍记载的故事，却赫然用一幢三间两居头的江南民居的实体来盛载。站在修葺一新的空房子的现场，我呆愣了很久。从天井里射下来的光线，落在黑漆漆的板壁和木柱子上，折射出的明暗调子，充满着想象和诱惑，让你不由自主地追着这道光去这个民间故事中浮沉离合，感受它的疼痛和喜悦，因为它符合我们传统的价值审美。山高皇帝并不遥远，充满着各种机遇和机变，门在那里，只要打开，故事就会进来。中国的民间故事总是充满着神秘而饱满的想象力，骨子里有着强大的宿命论。它有着我们约定俗成的思想纬度和向度，我们用以表达生活的诉求和希望。在场的是一群文史专家，但谁也无从推敲出出处和细节。八宿屋故事的真实性并不重要，或许，深山冷岙里的时光太过贫瘠、荒芜，我们需要借助常遇春的故事来表达，进而获得欢乐的自由。

很凑巧，同行的图书馆张馆长的娘家是八宿屋人，我们一行人便受邀上她家去。馆长的母亲和姐姐早已热情地等候多时，瓜果摆满了桌，热腾腾的煮南瓜和烤番薯端上来，堂屋里瞬间弥漫起一股甜香。因刚吃过午饭，我们阻止了老母亲杀鸡宰鸭的客情，馆长的兄长却又张罗着抬进一坛自酿的窖藏了8年多的美酒。上好的糯米和清澈的山泉，加上上好的手艺，拍开泥封，立即酒香阵阵。琥珀色的酒液映照着天光，呈现出一道道波纹，恰如山里人脸上憨厚热情的笑纹。此时此刻，虽然不是喝酒的场合，却成了品酒的现场。古法酿制的黄酒，入口绵柔，鲜甜醇香，一友人不由地大叫："好像可乐啊！"酒香迷人，让人不知不觉间连同这片山水跌进了一篇落满灰尘的章回小说的细节中。

众人言笑晏晏，宾主皆欢。忽见屋角的竹篓里放着半筐鲜嫩洁白的花。张馆长说，这白菊花（当地的称呼）烧汤甚是美味，且营养价值很高。我不觉又惊又喜——这不是白木槿吗？前一天，刚看到四川的文友将木槿花做成面饼，在朋友圈大秀其图，令我心念切切。不期然，今天当即偶遇！拾花入馔，自古风雅。《离骚》："朝饮木兰之坠露兮，夕餐秋菊之落英。"古人早就吃花了。

"凉风木槿篱，暮雨槐花枝。"同行的友人剪了几支木槿回家扦插装点花园，我则欣欣然拣了花朵回家入馔。照着度娘的步骤，做成了花饼，也不怕献丑，巴巴地送了闺蜜分享。所幸木槿没有拒绝我拙劣的厨艺，给了我一篇活色生香的舌尖诗行。百度上介绍：福建汀州人用木槿花和稀面和葱花，下锅油煎、松脆可口，俗称"面花""花煎"。徽州山区的居民用木槿花煮豆腐吃……我在朋友圈晒图后，天南海北的友人纷纷用各种花样的烹制方式回应我。即便我们本地也多有各式的入馔方法：前岗人放汤加点酱油、葱花，淡山人说放点肉丝酱炒，甘霖人说煲汤，放点土豆粉勾芡，另有炒蛋、烙饼、炖肉……在贫穷的岁月，木槿是餐桌上实用主义的鲜蔬。如今从我们的生活现场离开了，"秋风一种玉无瑕"，木槿花便又成了那朵美丽的"舜华"。

在八宿屋村流连了半日，村舍俨然，巷道整洁，时时感觉古时和今日交织的时空和气场。

回程时走下山坡，见一妇人低着头在番薯地里施肥，她的身后是一条小道，逶迤着伸向群山深处。一个老妇坐在垒砌的青石台上，苍苍白发映着慢悠悠的时光。山外的喧嚣、繁华、名利，与她无关。每逢节假日，儿女会像鸟儿一样飞回来看看老母亲。儿女回来是因为老母尚在，老妇人离去后，守候了五六代人的老房子会被时光啃食。它像长在山谷里的映山红一样，谢了，慢慢地重归泥土——她们的房子可不会像那间盛满"皇气"的"三间两居头"一样，会被不断地修葺翻新。独守老宅的老母亲，瞭望的是山谷，是岁月？还是像那丛菜地边的木槿，只为进退有据地守候满畦的瓜果长大？张馆长指着远处高峻的山峰充满回忆地说："小时候常上那里背水，和奶奶去采茶……"曾经负重的身体被定格在岁月深处，又渐渐变成一缕萦绕心间的乡愁。

八宿屋是一个流传了几代的民间故事，我却觉得它像一个禅机，也像一则"一代对另一代精神上的遗训"。

贵门的山水遵循着"石分三面"的中国山水画的法度，一片给了反复被文墨涂抹的大山，一片给了充满民间想象的大山，一片给了固定概念的大山。无论哪一块大山，都渴望更为生鲜的内容去填补和扩充。我站在木槿树下，它把一种淡淡的芬芳递送给我。

"名画要如诗句读，古琴兼作水声听。"朱熹的梅花如琼芳繁华几百年，柴扉篱笆里的木槿一样在红尘中沉醉千年，他们在一遍遍以开放的姿态讲述着过往，把人们带进已消逝的时间的丰饶中去，看见更辽阔的未来。

2022 年 10 月

他日知寻始宁墅

　　一个名字经历了1800多年的风霜，仍被镌刻在一条老街上，未曾被光阴遗失。是否，许多人也和我一样，喜欢这个悠远宁和的味道，还是，这个名字承载的时光实在太过绵长与厚重，以至于在岁月的风沙磨砺下，历久弥新而不朽。

始宁老街的前世今生

　　作为嵊州人，我竟然在2019年的一个冬日，才首次站在了"始宁古县治"这座拱形城门下。1800多年的罡风吹来，在我的眼前抖开了一幅市井喧嚣的长卷，那头连着东汉。因史载，从东汉永建四年（129年）析剡县北乡及上虞县南乡置始宁县起，在数轮朝代更迭中，经历了几次废弃、复置的变迁，疆域虽然随着扩、并、改产生变化，但是其核心地理位置就是今天嵊州市的三界镇。从古代的始宁县到如今的三界镇，历史像一匹长长的布，经经纬纬之间，天下的人、事、情丝丝缕缕、明亮或隐秘地发生着关系，万物万象其中显示出它的神秘和玄妙。许多细节都遍不可寻，几个不甚起眼的节点，串联起一个地域的前世今生。这块鼎足绍兴、上虞、嵊州3县（市）交界的重镇，似乎一直是个独特的存在，其强大的个性在浓重的方言上也可见一斑。

要找寻始宁古县治的遗风，如今的着力点也就这条老街了。古人选址建城惯于勘察风水，考量天地。古镇通衢南北、逐水而建，舟楫往来之间，便托起了千百年的人事鼎沸。1926年，一场大火烧红了半边天，烈焰熊熊吞噬了大半个集镇。著名的三界籍画家郑午昌曾在《画余百绝》中写道："焦头烂额已成灾，八百人家付劫灰，闲煞一江墙外水，只教春涨上街来。"面对一片狼藉，江水空留余恨。废墟上却走来了一位气宇轩昂的儒商——崇仁籍"海上巨商"金禄甫之子金宪章。不知因了何种渊源，金宪章大笔资金注入，老街开始重建。新街全长930米，一色的砖木结构街屋，高低一致，格式统一，南北贯通，街北连接始宁城隍庙。整饬一新后，慈善家金宪章又以低廉的租金将街屋租给当地百姓，古镇迅速恢复了勃勃生机。城门口嵌着一块 2014 年公墙重修的碑记，便铭记了这段特殊的历史。

城门口的一座老台门前，冷不丁地坐着位晒太阳的老人，石化般地从东汉穿越而来，光影折叠出质感强烈的黑白色，像一个耐人寻味的电影长镜头。徜徉在并不宽阔的街面上，老旧的气息让人有种自由感和融入感。水泥路面斑驳，各式招牌五花八门，有俗艳的喜庆。近百年的时光，在白墙黛瓦上写下了斑驳的"史记"。老街屋日渐凋敝，一些玻璃天棚、铝合金门窗、不锈钢栏杆像一块块高分子材料，悍然植入古镇的肌体，透着实用主义的生活哲学，破坏了老街雅澹的古韵。残存的几间老街屋仍能看出往昔的时光，砖木结构的二层小楼上，一整排的木窗花格古朴素净。褪去了朱红的漆皮，露出木板苍老的底色。从残破洞开的窗框看进去，一茎断电线悬在半空，像被剪断的一场时空对话。"半榻尘未扫，纸破窗全虚。"那些熬不过时间的，早就灰飞烟灭了。这些包浆并不十分浓重的建筑，挣扎在钢筋混凝土丛林的罅隙里，仿佛有神明随时自由进出。

顺脚而走，理发店、服装店、杂货铺、小吃店……鳞次栉比。写了花鸟市场的铺子，有花草活泼泼地装点着逼仄的店堂。最耐看的是杂货铺，老式的木头架子上一溜儿排开锄头、镰刀，还有泥瓦匠的瓦刀、抹子、灰桶、灰刀，各色的起子、钳子、刨刀、卷尺等小五金，也有塑料桶、塑料勺、鞋刷、不锈钢盆子、蒸架等，琳琅满目。城镇该有的脏腑都齐全了。一些鸡毛蒜皮、鸡零狗碎的在别处已经湮没的生活哲学，仿佛在这里一下子都复活了，就那样猝不及防地撞入你的眼帘。无论哪朝哪代，生活的细节都是一样烦琐，这种烦琐又透着一种斑斓的色彩。

　　街巷拐角处转出一个汉子，挑着两个酒甏远远地走来。一对木制的酒络，一前一后地撑住两个甏口，像是《清明上河图》里走出来的古人。被那副酒络吸引，便尾随他走进一处仅剩断壁残垣的街屋。有收割好的白菜整齐地晾晒在断墙上，像披了层绿色的流苏。院子里，封了甏口的陶甏像兵马俑一般林立着，空置的陶甏横放着。码成一座金字塔。汉子俯身，熟练地将酒络从甏口退出来。甏里是发酵的满满的酒曲，泡得肥大的米粒绵绵地漾在甏口。见我盯着他看，汉子两只手拽住酒络举了举。不知道浸淫多少年了，只见整个儿酒络乌黑发亮，包浆滚滚，令人肃然起敬。这便是三界有名的"大水"白酒了吧，江边有几家酒坊。古镇人说，江边人家会酿酒也会喝酒，过年了家家户户都会用糯米酿上几大缸"大水"白酒。没煎煮过的酒鲜、烈、劲儿大，煎煮后的"冬包酒"则入口绵和，储存时间长。一位三界朋友说，他老父亲年轻时就嗜酒如命，常年在酒缸里翻滚，练就品酒的绝技，后来镇上供销社给酒评级定价，都是他叫出的一锤子买卖。一碗大水白酒，佐以一盘此地特有的江鲜——翘鼻子的"白参（条）"。酒入血脉，豪气干云，祛除了水气寒湿，养成了三界人精明强干、机敏勤奋、敢打敢拼的品质。

民以食为天。一个地方的饮食，隐藏着民风民俗的点点滴滴。从取名上可见三界人的放达的性情，除了将糯米酒叫作"大水"白酒，还将糯米做的一种糕点叫作"大糕"。到了老街，肯定要尝一尝。恰好前面就有一家，信步跨进去，店堂寂寂，只有一个小女儿躲在柜台后玩手机。女孩儿脆生生地说"糕卖完了"，边说边揭开蒸笼，还剩下4块冷却的糕。同行文友有5人，分而食之尚意犹未尽。岂料，往前几步另一家糕店赫然在目。竹制的簰匾上，雪山般的一堆米粉，店主正热气腾腾地忙碌着，有米糕的甜香四散飘溢开来。打开蒸屉，一块块方正的大糕在碧绿的箬叶上整齐地排列着，褐色的豆沙透过莹白的米粉，像一道神秘的暗流，涌动着甜意。"福禄寿喜""吉祥如意""恭喜发财"的水印透出喜气吉祥。中国人的许多智慧，折射在匠人的辞章里，他们把民俗和艺术，镌刻进美味里，使美味更有了一种意蕴。三界大糕，甜糯松软，入口间似乎能闻到大米从谷壳里爆裂出来的清香，裹以豆沙芝麻馅儿的香糯，漫卷了整个味蕾。胡兰成笔下念念不忘的家乡美食，就是此物："大糕是二寸见方，五分厚，糯米粉蒸的，薄薄的面上用胭脂水印福禄寿禧，映起猪油豆沙馅的褐色，流流动，留出雪白的四边，方方的像玉玺印。"胡兰成的家乡就在隔江相望的胡村。此刻，桥墩村 18 号的那幢二层小楼，白墙已被粉刷得新簌簌得耀眼，夕阳将苍老的板壁镀上了半壁金黄，相框上的男人不甚安分的目光正远远地投射过来，有荡子的坚硬和柔软。

生活是没有边界的，本质就是吃喝拉撒，它将一千多年的时光漫漶成一坛米酒、一块米糕。但日子终究如河流，将许多人事裹挟而去。

老街的中段，有一个古渡口。此处是剡溪的终点、曹娥江的起点。早年间，遇梅雨汛期，剡溪水位上涨，江潮倒涌，古镇常陷于水患之中。如今，一条宽 5 米余、高近 20 米的防洪廊堤，绵延南北，将古镇守护得固若金汤。登高望远，历史的河水滔滔，舟棹帆影，多少文人墨客、官宦商贾在此风云际会。不管目的地是哪里，来了便是生命的过程。就如当年，王徽之雪夜来剡县探望好友戴逵，便是从此处溯流而上。过程如此美好，目的便不过是附丽了。有这么一场乘兴而为的洒脱，便是一种自我生命的丰满。"野渡无人舟自横",这大概是整个剡溪流域仅存的摆渡口了吧,漂浮在今古之间。但今日舟不见,摆渡者也不见。"摆渡佬这两天家里有事——"河埠头洗涮的妇人大声地说。惊起两只水鸟,宛若玄机中孵化的精灵,飞鸣翻转,沿着溪水盘旋,又像箭一样倏然射向河对岸。田野后面的村庄,有炊烟腾起几股……

始宁街北端尽头的城隍庙,今天依然是三界镇最辉煌气派的古建筑。庙宇始建于东汉顺帝四年(129年),岁月长河中,也未能逃脱兵燹战火的侵蚀。1942年,日寇扫荡三界,一把大火烧毁了城隍庙与戴星楼,仅存寝殿三楹,镇殿之宝——一口重达千余斤的大铜钟亦被抢走。1947年由当地乡绅捐资在旧地重建钟鼓楼。2001年寺庙重建,恢复了前后三进的建筑结构。在蔚蓝的天空下,三层高的钟鼓楼白墙青瓦硬山顶,飞檐翘角,高古雄伟。城隍庙朱红色的墙壁、飞扬的龙吻、经卷般的斗拱、寓意深刻的牛腿,牌匾上庄严伟岸的文字、梁枋上方的浓墨重彩,与精雕细刻的门窗交相辉映。佛像法相庄严、风雨不侵,乡村艺匠用智慧架构起通衢,暗示着一种伟大庇护,上天正通过这庙宇守护着这方水土,木鱼石磬声声,抚平尘世的一切痛苦哀愁。

"莼鲈何日此重过,风物江乡念钓蓑。两岸人家黄叶市,卖鱼声里夕阳多。"旧时的风物，总是充满了出处。郑午昌先生对三界的深情回望，是游子永远的乡愁。不长的古始宁街，构筑起三界人一幅立体的生活图谱。一路浮光掠影地走过去，半个小时就可以行到尽头，但走不到的是历史的尽头。我只是一个时光中的赶路人，窥视不到历史残骸中蕴藏的秘密。这个嵊州的北大门，积千年之精蕴底气，聚刻中之文韬武略，生生不息。那些散落在古渡口、街巷中乃至每一幢小楼每一个台门的传奇轶事，被名人的气质浸透了，被人文的养料渗足了，像一壶浓醇的酒。一种悠远的气息经久不衰地散发开来，弥漫开来，布满在老街的土壤和空气中，巷陌的寻常之音仿佛都是远古遗曲。市井的喧嚣变成了浓浓的文化烟火气息在这里升腾，渐渐变成三界人的精气神在这里行走。

遥望满阶庭的芝兰玉树

三界就像一本古籍，一旦打开，抚古阅今，从自然地理到社会风貌便会发现有许多可圈可点之处。从古始宁县的眼光去打量，那些山川、河流、村落都瞬间风雅起来，厚重起来。

刘禹锡的《乌衣巷》说："朱雀桥边野草花，乌衣巷口夕阳斜。旧时王谢堂前燕，飞入寻常百姓家。"王、谢堪称中国古代世家大族的代名词。东晋士族南渡后，始宁被赐为谢家封地。因为这个家族气冲牛斗的荣光，始宁在历史长河中卓尔不群，丰饶多姿，拥有了属于自己的精神疆域和生命哲学。

东晋时期，门阀政治决定了一个人想要有所作为，必须来自一个华丽的家族，而一个门庭的荣耀光华，必须诞生几个杰出人物。历史的放映机开启，璀璨的谢氏一门，谢鲲、谢尚、谢安、谢玄、谢灵运、谢朓、谢庄等一长串群像震古烁今。他们之中有的有安邦之略，有的有将帅之才，有的文名鼎盛，有的称为咏絮之才……谢氏荣光了六朝，每一代有各自的故事，各有惊才绝艳的人物。在历史的洪流中，有的曾力挽狂澜，安济百姓，有的含冤而殁，留下萧索背影。

谢家打入名士集团是从西晋、东晋之交的谢鲲开始的。谢鲲名士风流，号称"江左八达"，官至豫章太守。这也是个有趣的人物，轶事颇多。而将谢氏真正推上一流家族的，却是他的侄子——谢安。在两晋风云际会的画卷上，谢安的身影代表了一种高度。有人称谢安为中国传统士人的典范，他的一生，既实现了政治抱负，又保持了名士风度。谢安自小非凡，年方4岁，桓彝一见面就啧啧称奇："此儿风神秀彻，后当不减王东海。"王东海是当时的名士王承——王安期。

《世说新语·言语》曰："顾长康从会稽还，人问山川之美，顾云："千岩竞秀，万壑争流，草木蒙笼其上，若云兴霞蔚。'"南朝梁刘孝标注引《会稽郡记》曰："会稽境特多名山水……王子敬见之曰：'山水之美，使人应接不暇。'"《剡录·纪年》引《道书》："'两火一刀可以逃。'言剡多名山，可以避灾也。……自汉以来，扰乱不少，故剡称福地。"无论是以审美的眼光观照山水，还是因隐遁避居为选择，彼时的会稽郡，俨然成了京城建康的后花园，成了东晋士人真正的文化和精神中心。40岁前，上面有哥哥谢弈罩着，谢安不需要承担家族责任，隐于始宁东山。与许询、孙绰、王羲之、支遁等人交游，"出则渔弋山水，入则言咏属文"。谢安醉心山水，旷达潇洒，对前来拜访的王羲之说："唤歌女，携友朋，探幽寻胜，日访名山，面临深泉，歌咏诗文，任性无处世之意，亦人生一大乐趣。"畅饮，登高，醑歌，活脱脱一幅风流恣意、引人入胜的文人画图。故事就发生在身边，我常想，这样瑰丽的人文，究竟对我们这个地域的文化生态产生了哪些深远的影响呢？

王羲之说："会稽乃为三吴腹心，有佳山秀水。"谢安说："筑室东土，乐在此居。"四目相视，两人纵声大笑。王羲之在金庭，谢安在东山，两人相距不远。谢安的宅院，前面有碧草绿树，后面有层峦叠嶂，宅院不远处还有两处厅堂，一座名为

"白云"，一座名为"明月"。这片奇峰异岭、山岚溪月，安放了谢安云卷云舒的近 20 年光景。

东山高卧与东山再起，是谢安生命中的两极。这样的人物，后人能望见，却学不来。淝水之战于狂澜中挽救了东晋王朝，谱写了谢安人生中最壮丽的篇章，也彰显了谢氏子弟的风采。李白《永王东巡歌》写得气势如虹："三川北虏乱如麻，四海南奔似永嘉。但用东山谢安石，为君谈笑尽胡沙。"谢安身上那种集优雅、从容、洒脱、高逸、宁静于一体的名士风神，在古代士子心中扎了根，成为一种制高点。如果说世人推崇其"江左风流第一"，是谢安完成了一位名士的文化审美的话，那么面对"安石不肯出，将如苍生何"这个问题，谢安给出了一位古代知识分子最完美的答案。但是，我更喜欢的是谢安将目光回归家人、家族时的那种睿智和温情。

鲜活的谢氏家教，将谢安的超拔人格又推向了另一个层次。很难想象，一个有着宏大眼光的人，如何将细微的日常兼顾得如此细腻周到。《晋书》载："处家常以仪范训子弟。"他与子侄们游山水、娱海滨，吟雪咏兰，以自己的格局、胸怀、眼界对谢氏子弟产生深远的影响。感谢刘义庆的《世说新语》，像本简约的漫画，留住了一千多年前诸多人事的小细节。按现代说法，谢安十分懂得教育心理学，他善于从小事情上，进行因势利导的教育——一方面以自己的名士风度垂范立式，另一方面以长者之风言传身教，润物细无声。我仿佛看到一位丰神俊朗的大叔，那亲切敦厚、通透思辨的目光，历千年而光彩熠熠。

在一帮小白杨般的谢门儿郎中，还有一个伶俐的小姑娘深得谢安欢心，此人便是侄女谢道韫。这日午后，东山草堂外突然大雪纷纷扬扬，谢安正和孩儿们谈文章义理，便问："用什么比作这些雪花好呢？"谢朗抢先用"撒盐空中"作比，而谢道韫却说："未若柳絮因风起。"谢安畅怀的朗笑声中，东晋的这场雪永远地留住了文学的审美"现场"。谢道韫以"林下之风"卓立于魏晋绚烂的群芳谱上，"咏絮才"从此也成了古代才女的代名词。

安居东山的日子充实而惬意，听着满院子书声琅琅，看着钟灵毓秀的自家子弟，谢安满心欣慰，仿佛看到了谢氏的未来。他问："人生如梦，一了百了，你们将来的好与坏与我何干，但我为何偏偏盼着你们好呢？"儿郎们都默然以对，惟谢玄应道："好比那芳洁的芝兰玉树，都愿它们生长在门庭阶除两旁。"这个美妙的意象，无疑道出了谢安的心声。生命就像一颗种子，在大地上绵延不绝，个体生命是有限的，因为有限，所以都对后世充满期许，希望与自己相通的那条血脉能一路繁花似锦、芬芳馥郁地盛开在时间两旁。

陆游登东山时诗曰："岂少名山宇宙间，地因人胜说东山。"岁月篡改了大地上的许多事物，山河照样砥砺不住时光的风沙，"东山"却成了一个独一无二的永恒的人文坐标。若说东山因谢安形成了一个文化高地，那么始宁墅则建构了一座精神庄园。而始宁墅最初的缔造者是车骑将军谢玄。

孝武帝太元十二年（387年），谢玄离开北府之任，解甲东归，回归故地始宁山居。山川依旧，却再难睹叔父谢安之风采。谢玄建造始宁墅时，先将妻儿与兄安顿在上虞县旧宅，自己则占卜选址，选中了始宁县南山一块地。"南山是开创卜居之处也。"始宁墅面江背山，景色秀丽。"选神丽之所。"谢玄一边监督营建，一边以垂钓为乐。"回江岑"乱石穿空，惊涛拍岸，江中的鱼既多又鲜美，他将钓来的鱼腌在陶罐里，送给兄与妻。"昨日疏成后出钓，手所获鱼，以为二坩鲊，今奉送。"《与兄书》《与妇书》写得既生动又有趣。收获早稻，谢玄也写上。等到造好第二幢精舍——桐亭楼时，谢玄将妻子、儿子、媳妇合家迁入了始宁墅。谢玄就写信给姐姐谢道韫，邀她来住，谢道韫也赞不绝口。

谢玄晚年居住在始宁墅里含饴弄孙，孙子谢灵运聪慧异常，年仅3岁教字吟诗，一说就会，"幼便颖悟"的谢灵运带给祖父莫大的慰藉。然这期间，谢玄身体每况愈下，他笃信"以道养寿"，钻笃葛洪的《抱朴子》。不仅信道也崇佛，《世说新语·文学》曾记载了谢玄与桑门支遁剧谈的情状。可惜，药石和佛道都未能控制谢玄病情。公元388年，一生戎马倥偬的谢玄终老于始宁墅，年仅46岁。

　　昔人已去，此地空余苍山奇石，立于千年河山之上。《剡录》曰："车骑山，谢玄之居也。"谢玄当年居所的许多细节已经在岁月长河中模糊不清。20世纪80年代，在三界镇李岙村的村口，尚有一座建于明朝嘉靖七年（1528年）的"古桐亭"，是为纪念车骑将军，如今也不复存矣。谢玄经常垂钓的那条溪流——"回江岑"的壮观惊涛也没有了，河道被截弯取直，有良田千亩昭示着农业学大寨的功绩。从钓鱼潭村上到车骑山，现在尚存一条镶嵌精致的鹅卵石的"官大路"，叫作敕书岭，相传是车骑将军居于岭上，朝廷文书便是从这条道上往返。除了古道，还有车骑坐石，山坡上巨岩垒垒，其中二岩悬空扑出，像两尊石佛，谢玄当年常在此地坐而赏景，因而得名。《剡录》载："石在宝积山，磊磊叠叠，如梭如凿。"沧海桑田，车骑坐石的具体位置已难以辨认寻迹，但郁郁苍苍的车骑山仍用它苍茫的绿意书写着不朽的青史。

去山水诗的源头寻找谢灵运

魏晋的日暮不知不觉地转动中，南北朝的天光就千丝万缕地倾泻了下来。光影在草木间游移，光怪陆离的碎片像一片刀光剑影。惠风从会稽郡的崇山峻岭、茂林修竹间穿过，曲水一去不返地带走了当年那场流觞的清欢。始宁墅边的桐梓花开得云蒸霞蔚，春风正与花朵一期一会。花开花落，似有无数的轮回，许多人事却如落花流水，转眼就消逝得无影无踪。

公元385年，谢安去世，谢灵运出生。谢灵运出生10日其父谢瑍就去世了，4岁时疼爱他的祖父谢玄又去世了。《异苑》《诗品》都说谢灵运被送往钱塘道观寄养，杜明师受故人所托，谢灵运受其严格教导，成长到15岁才回到帝京建康乌衣巷。但也有史家提出谢灵运的幼童时代，应该是在始宁墅中度过，在祖母和母亲刘氏的教养下成长。谢灵运自小受名师熏陶，读书极有天分，"援纸握管，会性通神"。不仅书法得小舅公王献之的真传，绘画上应当曾受当时隐居剡县的戴逵、戴颙父子指点。唐朝时期浙西甘露寺天皇堂外壁上，尚有谢灵运画的菩萨六壁。想来谢玄家一根独苗，难免溺爱，故养成其放诞不羁、无可绳律的性格。谢混曾以诗作诫："康乐诞通度，实有名家韵。若加绳染功，剖莹乃琼瑾。"回到建康后，朱雀桥边，菁华荟萃。谢灵运"文章之美，与颜延之为江左第一"。这段时间，谢灵运是快乐的。袭封康乐公，意气风发，期待走出一条属于自己的壮阔仕途。及冠之年，谢灵运开始步入仕途，任大司马参军。但好景不长，刘裕当政后即被免职。随后，便几起几落，在政治漩涡中浮沉。到降公为候第三次出仕被逐出京都贬为永嘉太守后，谢灵运已苦闷失望至极。赴永嘉途中，谢灵运绕道始宁，深情地写下《过始宁墅》："白云抱幽石，绿筱媚清涟。"山水诗大门，由此訇然中开。一年后，他便称疾去官，回到老家始宁墅。还将户籍从京都迁到会稽，由白籍改为黄籍，自称越客。这在当时，可谓惊世骇俗之举。

谢灵运曾祖谢奕曾为剡县令，父亲、祖父都终老于始宁墅，剡县可谓是谢氏一门的根据地。无论朝堂上经历多少风雨，乡土总能给人以贴心贴肺的慰藉。始宁县一带独特的砠岵地貌像是神迹，每条皱褶肌理仿佛都恰到好处地暗合着隐居者的心思。那些迷宫般连绵的小山包，像一个个精美的绳扣，拴住了许多恣意旷达的脚步，也收纳了一个个颠簸惶恐的灵魂。谢灵运回归此地，虽然振兴谢氏家族的目标离得远了，但他还是有能力将生养谢氏的土地经营好的。《宋书·谢灵运传》："灵运父祖并葬始宁县，并有故宅及墅，遂移籍会稽，修营别业，傍山带江，尽幽居之美。与隐士王弘之、孔淳之等纵放为娱，有终焉之志。"谢灵运在祖父经营的基础上，在北山又开辟自己的居所，悉心经营这座庄园。他所建的宅院与南山相距仅3里路程，却没有直通的山路，仅有水路互通。郦道元的《水经注》这样描述始宁墅："右滨长江，左傍连山，平陵修通，澄湖远镜。于江曲起楼，楼侧悉是桐梓，森耸可爱，居民号为桐亭楼。楼两面临江，尽升眺之趣。芦人渔子，泛滥满焉。湖中筑路，东出趋山，路甚平直。山有三精舍，高甍凌虚，垂檐带空，俯眺平林，烟沓在下……江有琵琶圻……"谢灵运是懂得生活艺术的，他将他的生态庄园修得舒适整洁，开辟出许多土地，用来植桑养蚕，种粮栽果，甚至还养了些鱼。周围的配套设施也好，寺庙、亭台、商铺、作坊、码头、舟楫一应俱全。谢灵运特意作了一篇《山居赋》，"稽之如图，考之如志"，他用赋与注的形式，向世人呈现了一幅栩栩如生的田园山居图，给千年后的我们留下一条穿越时空的隧道。始宁庄园的繁华，是一片渔樵耕读的富丽。山水、经济、物产、建筑、道路、人文等都轮廓鲜明，无论是游玩山水，还是农事劳作，都以最清新的气息传递到我们的感官里。他用野猕猴桃、野葡萄酿酒，在剡藤纸最盛时期，又创意地用芨芨草花干造纸，钓鱼潭村的稻米，强口村的绵纩、缔绤，仁村的陶瓷……，几乎具备了当时农耕文明的先进品质。谢灵运说祖父是"选自然之神丽，尽高栖之意得",而自己则是"谢平生于知游，栖清旷于山川"。始宁墅和石壁精舍是"南北两居"，他在《石壁精舍还湖中作》中说："虑澹物自轻，意惬理无违。"始宁的田园承载了诗人自由活泼的性灵，山水清晖让人"虑澹物自轻"，也滋养了一场艺术的繁密茂长。

谢灵运经常与隐士王弘之、孔淳之等观山览水，纵放为娱。还常与族弟惠连、东海何长瑜、颍川荀雍、泰山羊璇之以文会友，山水诗更趋臻美。"谢五言如初发芙蓉，自然可爱""每有一诗至都邑，贵贱莫不竞写，宿昔之间，士庶皆遍，远近钦慕，名动京师"。古代信息虽然不畅，但诗人从不缺位，诗名也照样被远扬。

"父祖之资，生业甚厚。奴僮既众，义故门生数百，凿山浚湖，功役无已。"祖业丰厚，谢灵运的生活还是富足惬意的。他车服鲜丽，还是个时尚达人，啸傲风月、徜徉山水的姿态引得当时很多人侧目。头戴"曲柄笠"，脚蹬"谢公屐"，这是谢灵运自己发明的户外运动装备。看见老谢的这顶稀奇古怪的笠帽，有人就很不以为然。好友孔淳之就讽刺他说："你既追求高远，怎么又忘不了这个曲盖呢？"谢反讽："将不畏影者，未能忘怀。"意思是：是你害怕影子又忘不了影子吧。斗笠是隐士的打扮，曲柄是高官的象征。不得不说，好友最了解自己。

虽然谢灵运借用《庄子》里关于"影子"的寓言，反驳了孔淳之，然而无法剥离儒家修齐治平价值观的影响，这几乎是传统文人的特质。这个人生的困局，旁人看得清，老谢或许亦自知，却挣脱不了。

艺术思维和政治思维基本上是两条线，别如天壤。谢灵运是个才情洋溢的诗人，但并不意味着他有适应宦海惊涛的韬略。一个人的政治抱负和他的政治才能也并不见得成正比。晋宋交替之际，刘裕重掌皇权，对于谢氏家族来说，时代像一架巨大的绞肉机，已经发出噬人的轰鸣。谢灵运的族叔谢混"以谋逆罪"被杀。14年后，谢晦兄弟子侄7人被宋文帝以相同罪名问斩于市曹。谢氏家族已经有8人死于刘裕父子的屠刀之下。按说，人到中年的谢灵运也该有政治上的成熟了，但是波云诡谲的朝堂，像张巨网，让谢灵运的人生在一次又一次的陷害中沦陷，一次次被推向绝境。

谢灵运曾说过："天下的才华共有一石，曹子建独占八斗，我得一斗，余下的一斗天下人共分之。"谢氏家族从文化基因上来说是以老庄思想为底色的。丰沛的才情并未给谢灵运带来政治上的突破，而情绪冲动、放纵不羁、耽于幻想的诗人气质，在人心叵测的仕宦生涯中，就成了一个天然的"箭靶子"。新来的会稽太守孟颉信奉佛教，一次谢灵运和他辩成佛之论，毫不客气地说："得道需要有慧业，你升天当在我之前，成佛必在我之后。"这样的话一出口，必定会成为暗器招呼回来。当时，吃"五石散"是贵族的时髦。吃了后，会全身燥热，老谢就常裸着身子大呼小叫。孟颛就写信规劝，谢灵运就说："个人私事，碍着你个傻瓜了？"再后来，谢灵运看上了会稽城东的回踵湖，想决湖为田，文帝都同意了，但孟颛坚决不同意，谢灵运便写诗骂老孟："中为天地物，今为鄙人有。"这一桩桩一件件地叠加起来，足够孟太守和谢灵运不死不休了。不仅如此，谢灵运不打声招呼，从剡中到临海开辟了一条赏景线。数百人开山凿石，伐木开路，闹出巨大的动静，吓得临海太守王琇以为来了贼人。为了加快工程进度，谢灵运想让王太守帮忙垦山凿路，王琇未应承。老谢便送诗讽刺："邦君难地险，旅客易山行。"面对草木山水的谢灵运性情是丰盈润泽的，而"政治智商"却常常不在线。不管是真的性格使然还是源于史书偏颇，他无疑是将两位地方官都得罪了个彻底，命运的伏笔也就此埋下。后来孟颛伙同他人上疏密告，逼得谢灵运亲赴宋文帝那儿解释。命运的链轮就此开始向另一个方向转动，而一环紧扣一环地碾向深渊。皇帝不想让老谢再回会稽了，便授予他临川内史的新官职，让其前往江西。

在前往临川的江船中，诗人思绪万千、进退失据，写下了著名的《入彭蠡湖口》:"客游倦水宿,风潮难具论。洲岛骤回合,圻岸屡崩奔。乘月听哀狖,浥露馥芳荪。春晚绿野秀,岩高白云屯,千念集日夜,万感盈朝昏……"千念万感的诗人,并不知道他的人生轨迹也如这奔腾的江水,悄悄地拐了一个弯。

临川内史只是个五品小官,与他之前身居秘书监、侍中等三品要枢相比,落差更大。失意之下,谢灵运放浪形骸,遨游依旧。"在郡游放,不异永嘉",最终稀里糊涂地被人以谋逆罪弹劾。京都来人追捕,被擒后流放广州。宋文帝元嘉十年(433年),谢灵运被处以斩刑,终年49岁。一片血色残阳中,谢灵运的身影越发扑朔迷离起来。临刑前,谢灵运剪下他的美须,"施为南海祇洹寺维摩诘须"。不知这是不是顾城所说的"人可生如蚁而美如神"的另一种解读。

谢灵运写下《临终》:"恨我君子志,不获岩下泯。"谢灵运像一朵飘忽的白云孤悬在岩上,也孤悬在历史的天际。《宋书》评价谢灵运:"为性褊激,多愆礼度。"文化、人格、心性奠定了他脆弱的生存基础,他只是一个喜怒形于色的诗人,担荷不了生命中不能承受之重。作为生命个体,再才华锦绣,在强权面前终不过是血肉之躯。终于,他和这个糟糕的世界一别两宽了。命运布设的谜语,云锁雾障,机关深潜,让人左冲右突，心力交瘁，谜底却如此简单。如果只做一个"池塘生春草，园柳变鸣禽"的背包客，在六朝的山水间跋涉，是否能和那个时代取得和解？

始宁的明山秀水，溪光烟岚，是谢灵运心灵的归宿，也是他的血脉之地。这里有他引为自豪的功勋卓著的祖旧之业，有足资养生的良田美池、丰厚产业，更有供他啸傲风月、陶然忘机的灵秀山川，是他玄思的渊薮和灵感的触媒。留下了《石壁立招提精舍》《石壁精舍还湖中作》《田南树园激流植榙》《南楼中望所迟客》《于南山往北山经湖中瞻眺》《从斤竹涧越岭溪行》《石门新营所住四面高山回溪石濑茂林修竹》《登石门最高顶》《发归濑三瀑布望两溪》《石门岩上宿》等诗作，斯人远去，故乡的山水却在他的笔下活了起来。政治上的不幸成就了文学上的大幸，谢灵运在文学史上实现了谢氏的另一种荣耀，成为谢氏中另一个独特的存在，一个脱离谢氏又增加谢氏属性之人。《诗品》将谢灵运誉为"元嘉之雄"，他的山水诗悄悄扭转了魏晋以来的玄言诗，被誉为"山水诗的鼻祖"。虽有句无篇，在片段里已呈现出清新的山野气息，对后世影响巨大。到了唐朝更是引起人们的狂热追捧，始宁墅也成了众多诗人的朝圣之地。张籍的《送越客》："春云剡溪口……谢家曾住处……"白居易的《泛春池》："白蘋湘渚曲，绿筱剡溪口。"

皇甫冉的《曾东游以诗寄之》："迢迢始宁墅，芜没谢公宅。"戴叔伦的《和河南罗主簿送校书兄归江南》："知君始宁隐，还缉旧荷裳。"……李白、杜甫、白居易、孟浩然、韦应物等人踵武其足迹，追慕其流韵，入剡寻找六朝烟云。经诗人诗文渲染，山水更显示其壮美无俦的风采，踵事增华，让此地成为神州大地极具人文价值的地域之一。

谢灵运成为一缕伤痛、一种想象、一个传说。千百年来，剡地的人民都尽心竭力地保存着他的遗迹，人们用各种传奇来为他招魂。据说明朝时，天姥山下有座东山寺，内有谢灵运塑像，被尊为诗神。《新昌县志》载："裸体而行，须长及地，足着木屐，手执一卷，唯一布巾蔽前耳。"造出此像的巧匠也算是独出机杼了。而谢灵运当年登高抒怀，兴之所至，将酒杯覆于山巅，"登此山饮酒赋诗，饮罢覆卮"则成就了浙东名山——覆卮山。地方志书的佐证，无疑增强了我们对古代邑人的理解力，承载起了后辈对于先贤的所有向往。地方史专家金午江、金向银两位先生经多年的历史地理文献研究和野外考察，写就了《谢灵运山居赋诗文考释》，对谢灵运在始宁庄园的地理位置、诗作中提到的景物以及他在始宁的生活经历和创作的诗文，做了详细的注释。南宋高似孙所著的《剡录》记载更多："康乐乡有游谢、宿剡、竹山、康乐、感化里。游谢乡有康乐、明登、宿星、暝投、吹台里。"康乐、游谢二乡就在如今的三界镇和仙岩镇地域，显见与谢灵运有关。《剡录》卷四"古奇迹"载："山下有谢康乐石床，康乐尝垂钓于此。县北十五里有谢岩弹石，灵运游此，四顾放弹丸，落处为祠，有大石如弹丸。"王十朋《山赋》也说道："灵运弹飞岩障，慕此堪栖。谢岩古村，亦谢行迹所至。强口村，在县北廿里，世传王谢诸人，雪后泛舟至此，徘徊不能去。曰：'虽寒，强饮一口……'"文化的印记，栉风沐雨，赓续千年。

初夏的一个周末，约了二三好友，根据史志记载，沿始宁墅大致的方位走了一圈。从清风桥下，沿着车骑山南下，仁村、大水坑、李岙村、马岙、里钓、车骑山村、灵运村、三界镇、嵊浦、仙岩、强口村……一个个村庄在古与今之间明灭，千年的时空在山水田园间回旋。时间的深度消失了，天地如幕，人间烟火就像一场清梦。

"湖月照我影，送我至剡溪。谢公宿处今尚在，渌水荡漾清猿啼。"李白笔下的"唐诗现场"如今虽然不在了，今人却在嵊浦古渡口塑了一尊像，留住了一代诗仙。李白苍茫的视野落在嵊浦潭上，那里的钓台、石床仿佛还留着谢灵运的温度。潭上还有座古老的嵊浦庙，最早叫显应庙，始建于南朝梁大通年间（约530年），以纪念五代时期的仙居县令陈郭。略显清古的庙堂上，端坐的侠吏陈郭，手握长剑，眉目威严。两侧的楹联写道："仁哉侠吏济困扶危，英名垂剡北；壮也贤臣斩蛟除害，硕德泽黎民。"这个仁侠的灵魂，千百年来忠贞地守护着灵岩峭壁下谢灵运那虚舟孤筏的灵魂。

　　日本诗人大沼枕山曰："一种风流吾最爱，魏晋人物晚唐诗。"魏晋人物就像嵇康的一曲《广陵散》，后人再怎么追，也是学不来。谢灵运开创了中国山水诗，也成了魏晋风度的彻底终结者。谢灵运是山水，是诗歌，也是我们的遗传基因、文化根脉。他一个人开启了一条河流的文明源头，将始宁从地域推向了一个文化的高度，让缛丽灿烂的大唐派出了前赴后继的使者，也为剡地留下了深厚的人文积淀。

　　苍穹高远，群山如赋。日月巨轮将许多历史信息粗暴地碾压、粉碎。山峦、茂林、溪流故在——但又面目迥异。"俯仰之间，已成陈迹。"始宁与我，终究隔了一千多年岁月的荒凉。我的追寻，也许只是沉溺自我的想象，甚或是自以为是的皈依。但这些与我相濡以沫的山川河流，像一坛坛窖藏的酒，随便从哪个山头打开缺口，就会打开一个时代的灿烂，"羲之放鹤、支遁买山、孙绰才冠、雪夜访戴……"

　　那些埋葬千年的碎片，依然闪烁着，从另一个时代发出耀眼的光芒。这个生养我长大的衣胞之地，总有一些深具力感的东西击破生命浮层进入到我的心灵内核，无论亲密与间离、震荡与平和，都被我细致地吸收，成为流遍身体的血液。祝勇曾说："所谓历史，并不是一些已经消失的事物，而是由我们身边的事物组成的，弥散在我们的周围，滋养我们的内心。"崿山巍巍，剡溪悠悠。我听见千载而下的风雨如晦、阳光如蝉，听见鸟雀们在岁月里叽叽喳喳，用它们空茫的羽翼书写着这方山水隐秘的文化密码。这一方山水人文画卷，又何尝不是千古才子精神与风骨的写照？

剡溪，自千年而下，因为一个人，成了一条诗的河流，河流上游有个身影孤独地在山水间跋涉。

2020 年 9 月

盛开在王谢堂前的女人花

　　"旧时王谢堂前燕，飞入寻常百姓家。"刘禹锡一声长长的喟叹，透过重重的历史烟霭，敲打出一片沧海桑田。循着袅袅余音，我在剡中山水间寻幽跋涉，只为拨开疯长了一千多年的野蒿，去剡溪边寻觅谢家那个幽雅的"始宁墅"（据沈约《宋书·谢灵运传》记载："灵运父祖并葬始宁县，并有故宅及墅，遂移籍会稽，修营别业，傍山带江，尽幽居之美。"），去寻找那个才情超拔、超凡脱俗的女人。一千多年的烟云怎能模糊了她的容颜？当我沿着唐诗之路透过历史云烟去追寻她那清越的魏晋风骨时，当我面对这片古剡大地冥想当年"始宁墅"内的华彩时，这个从谢家豪门走进王家华堂的女人，正像柳絮一样轻舞飞扬在历史深处。

东晋的谢氏家族是声名显赫的名门望族，晋室南迁后，谢家就在会稽山麓修营别业，谢道韫就是诞生在这样一个才俊麇集的豪门中。她是东晋名相谢安的侄女，淝水之战中立下赫赫战功的名将谢玄的姐姐。官宦门第及政治活动的濡染，使她视界开阔、气质高贵；文学的熏陶，让她细腻温婉、才华横溢；玄学的浸润，更使她娴雅散淡、清谈如流。谢道韫在闺阁少女时就卓尔不凡，才识过人。一个冬日的午后，谢安与家人们聚在一起讨论文义大略。不久，雪下大了，谢安兴致勃勃地问："大雪纷纷何所拟？"侄儿谢朗回答："撒盐空中差可拟。"谢道韫却说："未若柳絮因风起。"在叔父谢安赞许的朗笑声中，"咏絮才"从此为女性树起了一面才华出众的旗帜，成为一种标志，一个特殊的符号。

一

　　魏晋时期，许多士族文化人在"桃李茂密，桐竹成阴，塍陌交通，渠畎相属。华楼迥榭，颇有临眺之美；孤峰丛薄，不无纠纷之兴。渎中并饶菰蒋，湖里殊富芰莲"的庄园环境中过着富足惬意的生活，满室才俊的谢氏望族不仅令谢道韫度过了一个舒适安逸的少女时代，更使她受到了各方面的良好熏陶，她就像一朵皎洁的莲花粲然绽放。单单一个"名门闺秀"不足表示她的高贵，她既有纯正的高贵血统，更有后天全面的文化的调理。文化的汁液将谢道韫不仅浇灌得蕙质兰心、气度雍容，更使她散发出如冬雪一样晶莹、剡溪之水一样清俊的美。她的风姿从后来一位叫济尼的人对她的一句品评中可见一斑："王夫人神情散朗，故有林下风气；顾家妇清心玉映，自是闺房之秀。"此言生生地将谢道韫的风韵气质跃然出来，把她的典雅飘逸、风华仪彩，都概括在字里行间了。其实，有了这般神韵的女人纵然不是美女，但自有这天上人间的气派来烘托，就算不漂亮，自有这超凡脱俗的气质来掩映。诚然，她风姿仪容不是一般闺秀所能比拟的，有闺房之秀的美妇不足为奇，举手投足间飘散着林下风气的才女却千古一人耳。

谢道韫虽是一名生活在深深庭院中的贵族女子，但她的智慧却像一颗明珠，无法遏制地焕发出夺目的光华。对兄弟的关爱体现了她的远见卓识、胸怀大志，对叔父的体贴表现了她的冰雪聪明、知人善言。谢玄少时顽劣，她对其进行规箴和劝勉："汝何以都不复进？为是尘务经心，天分有限？"以"尘务经心""天分有限"来质勉谢玄的"何以不复进"，谢道韫作为女兄以不同凡响的志向气度，激励着谢玄的心志，显示着不让须眉的胸怀。谢玄被责后努力奋发，不但成为一名清淡场上的名士，更成为一代名将，成为中流砥柱的枭雄。所以谢玄一生都非常敬重这位高才凤慧的姐姐。不仅如此，谢道韫还是个玲珑剔透、善解人意的女人。有一天，叔父谢安问："《毛诗》何句最佳？"她回答："吉甫作诵，穆如清风。仲山甫永怀，以慰其心。"道韫所引4句，出自《诗经·大雅·烝民》，此诗是赞美周宣王大臣仲山甫从政德才。道韫此处所引，一则是称颂叔父谢安像仲山甫一样勤勉为国，二则以此来劝慰在朝多受猜忌的叔父谢安。她的品评不仅显示出她胸有块垒、大气如虹，更体现出她深深的"雅人深致"。

然而才气和命运是不能画上等号的，满腹的经纶终敌不住尘世的风雨、乖蹇的命运。就是这样一个清俊俏拔、潇洒出尘、极具林下之风的一代奇女子，人生的春光却对她太过吝啬，太过清绝的女子注定要像一朵柳絮孑然飘零。

二

花开及笄，转眼间谢家女儿到了谈婚论嫁的年龄，在纷至沓来的媒妁中，谢道韫也期许能找到一个相知相伴、举案齐眉的人。但往往曲高者和寡，更何况在父母之命的古代，婚姻的主人公反而失却了自主性。或是沁人的温馨，或是失败的悲凉，全在命运的线上悬着。即便是在风气散淡的晋代，贵胄的联姻，门第仍然是男女构筑香巢的一块重要基石。谢道韫被许配给了当时与谢氏齐名的华族琅琊王氏子弟王凝之。当时的王氏家族也是声名显赫，人才鼎盛。王羲之的 7 个儿子英姿勃发，其中又以五子王徽之、小儿子王献之最为杰出，尤其是王献之，不但继承了父亲的书法成就，且少有盛名，高迈不羁，风流为一时之冠。但是，相较于前者的轻狂，谢安却认为规矩平实的二儿子王凝之做丈夫比较踏实可靠，谢道韫却慨然说："一门叔父，则有阿大、中郎。群从兄弟，则有封、胡、遏、末。不意天壤之中，乃有王郎！"看惯了谢家的英才，眼界颇高的谢道韫竟然一语成谶，此去王门果然情缘浅薄、琴瑟难和。谁曾想王凝之虽为一代大名士、大书法家王羲之之子，却毫无乃父风范。除了会点书法外，极为昏庸荒唐，还是个五斗米教的忠实信徒。至此，谢道韫的爱情败给了道学，败给了愚昧昏聩。面对这样的婚姻，谁能理解一个绝顶聪慧的女子的内心？还有她那细腻而又高贵的心弦上战栗的寂寞和忧伤？如果岁月静好，她或许就像一朵王家后花园的百合，带着寂寞的高贵独自芬芳。但是魏晋的动荡，新的人格考验、新的人生命题又把谢道韫推到了另一个人生的风口浪尖上。当叛贼孙恩进攻会稽时，身为会稽太守的王凝之却不知排兵布阵，只顾着求鬼神，还说："不须备防，吾已请大道，许遣鬼兵相助，贼自破矣。"结果，王凝之兵败全家惨遭杀戮。谢道韫却在夫死子亡、生命攸关的当口显现出她那连男人也绝少具备的意志和胆魄，以及自由率真、粹净刚烈的心性。她抽刀出门，手刃数敌，被俘后，更是直面怒斥孙恩残暴无道。那份临危不惧、从容不迫的气度，与谢安赋诗对弈谈笑间击破前秦苻坚百万大军，取得淝水之战的大家风度毫无二致。谢道韫身上慷慨凛然、淡定自若的气度竟震慑了乱兵，降伏了凶残的孙恩，不但把外孙刘涛从敌人的屠刀下解救出来，还保全了自己。这样一个刚烈果敢的女子，关键时刻这种自然无违、从容应对的名媛风度并非只是来自家学的培育、来自高才远识，而实在来自宠辱不惊、生死两忘的玄心。

谢道韫以一个诗人的身份，侧足于魏晋群贤蜂起的时代，在诗歌这个男人抒情骋才的领地，竟然也能够发出不同凡响的自己的声音来。虽然存诗不多，虽然一千多年的时光过去，但用心灵去体察她的生命、承沐她的诗歌，依然让人感受到傲岸的魏晋风骨和丰沛清澈的才情。其《拟嵇中散咏松诗》曰："遥望山上松，隆冬不能凋。愿想游下憩，瞻彼万仞条。腾跃不能升，顿足俟王乔。时哉不我与，大运所飘摇。"居然有论养生服石髓之意，其《登山》诗云："峨峨东岳高，秀极冲青天。

岩中间虚宇，寂寞幽以玄。非工复非匠，云构发自然。器象尔何物？遂令我屡迁。逝将宅斯宇，可以尽天年。"玄理中的神韵与自然山水中蕴藏散发的神韵仿佛天衣无缝地融合着，如皓月的皎皎清辉清冷地洒在人的心田，足见其为女中名士的林下风气之一端。

新异的诗篇、独立的人格、超拔的才情还有那堪与男人匹敌的见地，让男人世界的当权者无法小觑这个女子。

然而，谢道韫显然并非只是以文学见长的女子，世人更为推重的是她的清心玄旨、林下风气。她是女人中的名士，是女人中的异禀。在当时，魏晋士人的精神活动除了优游于山水之间、感悟于"临眺之美"外，最重清谈，他们觉得清谈场上最能体现才情和学识。其时清谈内容以《庄》《老》《易》三玄为主，但并不是每一个魏晋名士都有很好的清谈才能，因为它不仅需要对玄理的深刻体悟，而且还需要高超的论辩技术。有人学富五车尚不能开言，女性能谈玄者更是少之又少，然而谢道韫却是一位女性清谈高手。当王家媳妇时，有一次小叔子王献之与宾客谈议理屈词穷时，道韫让婢女对王献之说："欲与小郎解围。"然后围起青纱帐坐在帐后侃侃而谈，众客皆服。遂留下了"步障解围"的千古佳话，可见"女中名士"殆非虚誉。

三

孙恩之乱平息后，谢道韫寡居会稽山麓。古剡的明山秀水、溪光烟岚成了她心灵栖息的港湾，始宁别业成了她最后的宿地。同样是才华横溢、清绝孤独的女子，谢道韫比李清照少了如许颠沛流离之苦。大概在谢氏家族的浓荫的遮蔽下，谢道韫一介寡妇仍能得以居安定所。在长夜孤灯的寂寞中，玄学的慧根为谢道韫提供了摆脱人生泥淖、战胜孤寂情怀的凭借与依托。她在一份出尘逸世的宁静中从容啸傲、脱屣世情。她在剡溪岸边赋诗论道，当时的会稽太守刘柳慕名前去拜访。俗话说"寡妇门前是非多"，谢道韫却不是那种迂腐僵化的凡俗女子，她簪结素襦，优雅大方地坐在帐幕中迎接他，充分显示谢道韫那高贵的人格与纯粹的情感，以及不媚俗不被外在因素所异化的完整人性。刘柳虽然是行政一把手，也恭恭敬敬地"束脩整带造于别榻"。（就是说备了礼物，穿了整齐的礼服，坐在远远的另外一张榻上，态度是相当恭敬。）谢道韫娓娓而谈。两人虽然没能放达地面对面地煮泉品茗、击节高歌，衔杯把盏、酌古量今，但谢道韫思通万里、胸开三界、充满禅机理趣的言语，听得刘太守如坐春风一般，等他告辞出来后说："实顷所未见，瞻察言气，使人心形俱服。"意思是说，他从来没有见到过这样出色的人物，虽然见不到人，光是她的语言气度，就让人佩服得五体投地。

谢道韫那种穿透世事纷纭的清醒透辟的彻悟，为她凄苦却又淡定的人生掺入暖暖的亮色，那种通达和率性为她孤独的人生平添了风雅的章回。她以一种潇洒率真的鲜明个性之美和超尘脱俗的人格魅力倾倒着后世。这般超脱飘逸、风华绝代的风度，注定成为嵌入山阴道的一道清丽的风景。

红尘几度，盛极一时的王谢豪门载不起几竿烟雨，漫堙崩脱在历史深处。一千多年岁月的风沙吞噬了一切，到如今，剡溪岸边不要说豪门别业踪迹全无，断壁残垣荡然无存，就连遗址的所在地恐怕也难以确切地指认了。但是，有一种美丽却穿越时空绽放着。孑然的女子，纤柔的身体里，涌动的是剡中山水的神韵——那是光明纯粹而又刚烈不挠的血脉，化为自由的歌唱。谢道韫这个气质如姑射仙人、胸怀如风光霁月的大才女不仅绰然独立于那个风流清逸的年代，后世恐怕也少有人能企及。

心香一瓣，氤氲千年，流芳百世，惠泽着古剡大地的子子孙孙。

2007 年 10 月

崇仁：一坛千年杏花佳酿

崇仁古镇，这颗缀在唐诗之路上的明珠，大片明清特色的江南传，将一个族群的千年构造绘成了一幅水墨长卷，从历史的那一头缓缓向我展开。

起先大概是个村子吧，据说叫作杏花村，不知道杜牧是不是在这里找牧童问的路，反正这是个令人愉悦的唯美意象，可以满足一切的诗意想象。北宋熙宁年间（1068年），裘氏第二十一世裘永昂带着长长的车队，从绍兴云门分迁至剡西，在此地扎根，成为崇仁第一始祖。如果我们把目光再往前捋捋，会看到晋元帝当年衣冠南渡，裘氏家族是追随者之一。裘氏最初落脚婺州，到了晋义熙年间（405—418），不知因何原因，又离开婺州，迁徙来到绍兴云门。然后此间600多年，这个家族创造了一个"神话"——"凡十九代，历十三朝，六百余年，聚族六百，人不异居，家不分炊"，而受皇帝敕封为"义门"。因裴氏崇尚仁义为本，便将此地叫作了崇仁。从此，这股浩荡了千年的仁义之风，让这块杏花灿然的温软山水有了不同的风骨。

走在棋盘格局的老街中，脚下的"石子蛋路"被磨得精光水滑，布满了人迹的味道。让人不由地想起崇仁底蕴深厚的围棋文化。据说光绪年间，崇仁有围棋五虎。清末，上海围棋名手潘朗东设擂杭州，被崇仁五虎之首的沈守庚击败。之后，又一上海名手在杭州摆擂，崇仁新五虎的裴忱法，再次大胜对手。在当代，中国首位围棋世界冠军马晓春的祖籍也是崇仁。这么一联想，石子历历，犹如棋子枚枚，弈出一方水土一方人生。照墙、马头墙、飞檐茂盛地长在巷道两旁，一色的青砖白墙硬山顶，明清建筑总是以沉静的方式展现自我。光阴透过千百年的雾霭打在瓦楞上，窗棂上跃动着一个个时间的精灵。走近细看，江南的秀雅却在每一个细节中充分地展现出来，门窗、牌坊、柱础、井栏的石雕，梁、枋、斗拱、隔扇、雀替、窗棂、藻井的木雕，隔断的砖雕，壁上的灰塑，皆精致传神。各种花鸟虫鱼、人物山水、传奇故事、神话仙迹等皆栩栩如生。连片的老宅，一栋一栋地看，就如翻阅古籍，有一种细嗅牡丹的芬芳，眉目间都晕染了岁月的苍黄。那一座座跨街楼廊，展现着"分户合族、聚只一家"的聚居传统。仿若有怀兜吃食的孩童嬉笑着串门而过，木板的楼道传来欢愉的足音；有亲密的妯娌絮絮地交换着生活的伦常，有兄弟在堂前把酒话桑麻。……那相互贯通的廊楼把一份亲情扯得细密悠长，楼上楼下，无论晴雨，足不出户便完成一种心与建筑距离的共同抵达。

太过久远的记忆容易模糊，历史的句点只需要在几个重要人物上解读，玉山公在裘氏家族史上显然是一个重要人物。谱载玉山公字佩，号玉山，附贡生，敕赠儒林郎，生于康熙三十九年（1700年），他一生勤俭持家，待人仁厚，乐善好施，娶有五房妻室，生五子六女。这个读书读到89岁的男人，是人生的赢家。他身上勤劳、智慧、仁善等品格，不仅缔造了繁茂的血脉源头，积累了庞大的财富，把5个儿子个个"打造"成了"公务员"，成了官员专业户，还将家风整饬得正气昂扬，使裘氏代有才人峥嵘在历史的长河中。

我想，崇仁的仁义之光首先是从玉山公身上折射出来的吧。我们把历史的镜头拉回到乾隆十二年，盛世的风正吹过华夏大地。但嵊县这块土地却正遭受着灾荒，田地龟裂，庄稼颗粒无收，成片的蝗虫像漆黑的裹尸布一样覆过来，成群的灾民流离失所寻求活路，崇仁镇的上空也被笼罩上一片阴霾。一个精瘦慈蔼的老者出场了，他微皱着眉头看着沿街乞讨的灾民，轻声而坚定地吩咐管家："开仓放粮，搭建粥棚施粥吧！"于是，米粥的清香冲天而起，一张张饥荒的脸瞬间迸发出生的希冀，像枯木逢春，米粥救活了一片濒死的肠胃。玉山公的仁善不仅仅是对生者的怜悯，还有对死者的慈悲。他再次叹息着对管家说："找一批木匠打几口薄棺吧，好歹将那些饿病而死的人殓一殓。"就这样，嵊西门外的小山丘上多了一片义冢，那些被饥荒击中的肉体和灵魂都有了安息之地。这一刻，我想，永昂公站在血脉的源头，拈须而笑，他欣慰的不是玉山公架构起五联台门的雄厚财力，而是看到了一股让家族生生不息的瑞气和光芒。

家族的记忆常常用祠堂这个符号来盛装，树根一样庞大的谱系汇集于此。每有重大事件，位列宗谱的灵魂便会看见宗祠大门敞开，子孙燃起馨香细细向他们禀告。裴氏的宗祠向来是祥云高照的，自宋至清数百年间，有敕命敕书、诰命等30余道，锣鼓声咣咣而来，祖宗脸上大概也常常是红光满面的，一次次醉倒在供桌上方。裴氏族谱上记载，光敦叙堂一脉，单明清两代就有进士（含文武）4人、举人38（含文武）人、秀才476人。这个庞大的官位体系使这座建于清乾隆五十六年（1791年）的玉山公古祠显得底气十足。

玉山公祠面积有948平方米，分为前厅、正厅、后厅，有前、中、后天井，基本上保持三进三出的格局，翘檐斗拱，连片的白墙黑瓦透出一种森然大气，房脊上的双龙似欲乘风而起。迎面飞檐照壁上的一对砖雕狮子精巧灵动，用一脸灿烂接受着阳光的抚爱。几丛修竹在照壁和围墙间摇曳，摇碎一地光影。照壁上方以41组砖雕斗拱出檐，石雕的花窗以九块灰塑相间砌筑，有《西厢记》的人物，有文臣武将，也有男耕女织的生计劳作。是生活细节，也是家国天下。照壁前长长的石案放置着花草，不知道是心香一瓣供奉祠堂里的灵魂，还是为花草的精魂在此觅得栖息之所。门口还闲闲置放着一对石戏箱，和正厅廊下的一对石鼓相互呼应，漫漶着一种娱乐情趣。

跨过高高的门槛，绕过照壁就是戏台，戏台是越乡常见的建筑，但很多都消失在岁月的沧桑中，这里的确保存得相当完好，像个穿着蟒袍革带的老生，端方地坐着，平和中又有威仪。戏台呈正方形，单檐歇山顶建筑，戏台的藻井、廊柱、柱础、牛腿、雀替无一不美轮美奂。八角形的藻井内分两层，有八仙在里面腾云驾雾，生动而富有吉祥感。屋顶的瓦将军左是哪吒，右是杨戬和哮天犬，他们从神话里走出来站在这里笑傲江湖。中间还有砖雕的福禄寿，尤其是牛腿，回廊下闲坐聊天的老伯骄傲地说："镂空木雕是不能打样雕刻的，须得工匠成胸在竹，一气呵成。"整个宗祠就像一场"星光大道"上的才艺大比拼，木雕、砖雕、石雕、灰塑……身怀绝技的匠人用璀璨的建筑文化留住了时空。戏台下随随便便地闲置着一对石捣臼、石磨，浸透着一种农耕文明的慢时光。我站在戏台下，仰起头，似乎有锣鼓的铿锵声渐次响起，照壁后转出一位肩上插满小旗的武将，台前一个威风凛凛的亮相，引得两侧女看楼里的女眷一阵嘈嘈切切，瞬间俘虏了大批"粉丝"。我觉得，"女看"是个粉色的词语，带点幽密婉转，看者与被看者目光中都纠缠着一丝旖旎。……据说这戏台早年间只演徽班，吴昌仁、陆长生等徽班名角儿，都曾献演于此。后来，崇仁有个叫马潮水的人，创办了越剧史上的第一个男科班。随着越剧之花的繁盛，崇仁出了许多名角儿，傅全香、周宝奎、筱丹桂……无论他们是站在这个戏台上还是另一个戏台上，都携着乡情乡音。鼓声点点，像时光的清音。台上热热闹闹的才子佳人，台下熙熙攘攘的看戏人，戏如人生，一转眼，百十年就过去了。

戏台是被天井抱在怀里的，天井里有光滑的石子"蛋"出蝙蝠、双鱼、花瓶、花卉等吉祥图案，有青苔从石缝里细细地探头出来，天井里便有了一种荡漾的翠色。长长的青条石台阶被时间的履痕打磨得光滑可鉴，檐头的滴水穿出一个个圆润的孔洞，像时间的眼睛。檐下还放着两口硕大的太平缸，紫砂烧制，缸上苔痕碧绿，塑有大象、青蛙等，一缸上书"一片冰心"，另一缸上书"一天水色"。据说大缸常年保持一定的水位，过满便会从蛙嘴里溢出，且晴雨有表，十分神奇。

祠堂正殿的殿顶坡度平缓，盖小青瓦，梁架为八檩无廊穿斗式，彻上露明造。门厅 6 根前檐柱施花草牛腿，柱下石质柱础雕饰精美。殿是无尘殿，梁、椽、柱之间十分整洁，不积蛛网灰尘。据说建时加了硫黄等材料，经过特殊手法处理，便不需勤拂拭也不会染尘埃。这样的建筑细节，总让人在不知不觉中沉迷。

最后一进应该是以前供奉祖先牌位的地方，现在成了阅览室。厅中放一张长案桌，两旁几把太师椅，坐下就可以清静地阅读了。厅堂的上位有个博古架，陈列着各种精巧的崇仁紫砂工艺制品，有壶、人偶、动物等等，千姿百态，生动可喜。旁边还陈列着舞狮、大头荷等道具，十分具有本土特色。廊下牛腿上的木雕，就像一本打开的励志向善的教本，有愚公移山、济公助人、三娘教子、真假猴王、司马光砸缸等，兼具了坚韧不拔、助人为乐、明辨是非、智勇皆备等传统美德。还有薛平贵回窑、路边施茶、归乡看父、锄地耕作、泼水浮球、洒扫庭除等各个场景，蕴含着情、义、孝、勤、慧、俭等各种教义，人物个个形神兼备，细致传神。其中"节俭"，竟然通过正在洒扫的一把光秃的扫帚来体现，极具匠心。这些构思繁处不厌其烦，细致入微。简处删繁就简，寥寥几笔，只着落某个细节，但意味蕴藉、张力无限，艺术的火花随处淬显。明清年代里老工匠的智慧和技艺，远隔着岁月和烟尘，传达到我的眼前，愉悦着心灵。

院落重叠环抱，我站在庭前的台阶上向外眺望，青碧的天空下，仿若有风从时间的裂缝中吹来，马头墙上的荒草兀自盈舞，无所忌惮地舒展着身躯，那些浅淡得看不出苍黄的苔痕，像一个个古老的象形文字刻进时间虚无的肉身里，刻在这祠堂的历史与记忆里。窗棂将阳光裁剪成一个个斑驳的篇章，就像一部句读绵延的裴氏家族传奇。

除了古祠的经典，台门是古镇的精魂。150多个老台门足以在这块热土上开出一片灿烂的市井繁花，足以收纳琳琅各异的生活细节，使这个古镇从历史的深度和生活的宽度都呈现出旧时的繁华。朝北台门、老屋台门、静轩台门、白鸟台门、百鹿台门、八字台门、恒济台门、敬承书房……一个名字一个符号一缕脉息传承，一个台门记载着一个姓氏的荣光。上百年的老宅，每一年都有木质的部件在悄悄地裂变、腐烂、风化，但那石门槛、石门框却如一个个家族的脊梁，历久弥坚地抵御着岁月的风霜。砖雕石刻不是家家都有，木雕却是每家每户不可少的。明代细巧，清代结实。每座台门各具特色，各有传奇，相似的烟火生活串起了不同的人生，不同的人生又赋予了台门不同的品性，它们架构起了古镇的前世今生，架构起了一个族群的千年守望。

最喜敬承书房，当年这是玉山公用来培养五个儿子的书房，这个睿智的老人眼光长远地开启了小镇的文脉源头。院落精致，紧凑，似要将顽童那颗跑马的心先收收紧。玉山公请来了最好的塾师教授孩子学业，五株青竹在朗朗书声、氤氲书香里拔节。玉山公手握书卷的姿态优雅而欣慰，他的目光里充满希冀，他把想要说的都雕刻在照壁上。照壁显眼，上面砖雕堆塑分上中下三层。上层有三五成群的羊和翩然起舞的凤凰，传递着吉祥的寓意。中层两块是"大吉羊""宣子孙"的阳文砖雕和几幅人物浮雕。最奇特的还有两个圆洞，用当年属高档物资的玻璃密封，内注水，水中游鱼尾追，匠心独妙。下层八幅人物传奇故事浮雕，如姜太公钓鱼、文王拉车等。人物惟妙惟肖，情节励志教益。整个布局庄谐有致，逸趣横生。……我看见，那些年轻的鱼在时间的碎片里寻找着自己的宗谱、自己的历史；我看见，有红色的锦鳞一跃出水，仿佛要向蓝天展示自己的姿态。……仓廪实而知礼节。大富之家，最盼望的是子女成才。五个儿子个个拜官了，每隔一定的时间就有官报迢迢地从京城抵达，喧哗了整个江南。书的香气包裹着玉山公的梦想在天井和客厅间回荡，氤氲了整条剡溪，我们看到了一种源源不断的瑰丽。

星罗棋布的老井是古镇的眼睛，映着天光云影，也倒映着市井人生。你在小巷弄堂里行走，走着走着就会在路中央遭遇一口井。石井圈的坚硬与水的柔软组成生活的情状，就像一代代在井边来来去去的崇仁人。井里的水是从赤乌二年流来的，公元239年的气象，封进井里成了一坛酝酿二千年的酒。这种水是有根的，它种进了每个游子的乡愁里，激活了崇仁的每一个细胞，千年的光阴故事浸润在其中。沏一壶茶，点上一笼小笼包，推开临街的木窗，熙攘嘈杂的声音从街面上传来。有肩挑手提来赶市的乡人，有买菜回来站在街角拉家常的居民，来往穿梭的人们融洽地舞动着生活的种种细节。崇仁紫砂、西青豆腐皮、溪滩榨面、陈氏炖鸭……老底子的手艺有时代的纵深感，除了"物"本身的味道，还有它们携带的"空间"的味道——例如店面排门的味道、年代久远的弄堂的味道以及崇仁一长串纪年累积起来的味道。站在这里，每一寸空气似乎都是厚实的，不需要太多的想象力，就找到了生活的角色，随便翻开一天，就是一场明清的繁华旧梦。

2011 年 10 月

隆庆桥边人家

一

　　隆庆桥像一弯月亮，挂在浙东一个青山绿水的小村庄上。这个村庄叫毫岭，那里，也是我的故乡。

　　龟山脚下，隆庆桥400多岁了，苍翠而古老。石砌的桥身缀满了深深浅浅的鸡血藤和络石藤，藤条长长地垂落下来，像岁月的流苏。绿茸茸的苔藓爬满了石块缝隙，色翠而静闲。溪水从遥远的山涧奔涌而来，清清秀秀地穿过村落，穿过拱桥，逶迤出一个随性的弧度，将下畈的田畴圈成了一幅俊美的扇面。我喜欢春水丰沛的样子，冲过龟背一样的潭石，喷珠溅玉，回清倒影，注入碧潭时，发出透骨的清响。一路又跌宕过几处新筑的石砒，梳理出一匹匹晶亮的琉璃。水生河草树木，菖蒲绿油油地，在涨水中努力挺直了腰身。老樟树随意地缘溪而立，就那么纤秾合度，掩映得小桥流水愈发苍翠。立在桥上，远山近水，平林漠漠。精耕细作的泥土像一瓦一瓦的书卷一样躺在那里。有乡亲荷锄而归，似从汉唐走来。这是我打小看惯的风景，像范宽、黄公望的画，满纸苍烟、厚古辽远。这场景，也是我第一次读到"绿树村边合，青山郭外斜"时就认定的诗歌现场。我深信，孟浩然这样的人就应该活在这样的春天里。就这样，我的故乡，它以一种艺术的形象，自然而然地成为我与生俱来的一部分，成为乡愁的那枚书签。

隆庆桥的两岸，是流动着600多年时间与空间的村庄，流水淙淙的苍凉与石桥的清寂，冲洗着岁月南来北往、春去秋来的细节，使之更加生动与深刻。这几年，我父亲作为一个乡村老知识分子，整理了一些村史资料，村人将其一篇《亳岭渊源》撰写在祠堂的粉壁上，每一个亳岭子孙及外来者都能一目了然地追根溯源。据记载，我们的血脉来自中国历史上唯一一个将家族姓氏作为国号的一代霸主。"公元557年，陈高祖武皇帝霸先，夺取梁朝政权，建立陈朝，建都金陵。子孙后裔几经兴衰辗转，迁徙江西建安县太平乡常乐里永清村，为江州义门陈氏开山始祖，以孝治家，义门陈氏日益昌盛，经19代同居共炊，人口众多，有田庄遍布全国各地。到了公元1063年，义门陈氏奉旨分户，先祖陈实公拈阄分得会稽绍兴庄，溯江而来，几经峰回路转，见此地林深水湲，佳境可卜万年基业。于元至正年间，始祖孟刚携眷来此拓地开基，坡植桑茶，近水围田，建宗祠、办学堂，繁衍至今。"

　　我的故乡其实是个普通朴实的村庄——门前屋后连绵起伏的山梁，山梁之间夹杂着几块田地，田间地头或埋着哪个先人……浩荡的时光，很容易地就将老树、老路、老屋、老井……浸染成了抬头不见低头见的乡村日常。但是清秀的山河地理，散发着悠然古老的质朴香气，很容易与踏上此地的脚步缔结友谊。近年来，在乡村振兴战略的推动下，村支书利华哥大刀阔斧地干了不少实事。一度被垃圾壅塞的河床洁净如新，溪水恢复澄澈清冽。原生态的隆庆桥头整饬出许多新鲜元素：龟山公园、游泳池、风雨长廊、烧烤场、度假小屋、凉亭、游步道……田垄交错，整齐有序。仿佛一本精心设计的册页，入目处都是令人莞尔的好画好词句，吸引了无数的寻访者。那些或熟悉或陌生的人的镜头下展现出来的我的故乡，如诗如画，让我感到无比震撼。是我身在此中不识庐山真面目？还是审美疲劳让我忽略了独特的细节？光影美化了现实，也装饰了许多人的梦。其实，于我而言，故乡的语言、感觉、气息、风情、氛围……都是浸润在我们血脉里的一块文化胎记。在无数次的背离和回望中，一个文学的故乡始终活跃在我的作品中。村庄里不长的生活片段和瞬间记忆，在我越来越长的回忆中不断得到填充和延长。我的村庄是长在我身体里的版图，但我始终无法找到导游词的修辞手法，引人入胜地介绍我的故乡。我就像一个被困在旧时代的叙事中的灵魂，始终无法找准新时代的语境。有一次作家采风组到了村庄，老支书云波叔随口就向客人吟出一段自编的顺口溜："四面环山，卧龙靠山，神龟护村，拱桥隆庆，塘水是镜，樟树显灵，三香拜神，大象守门，古祠闻名，境庙太平。"这是一个庄稼汉子细数树木、稻谷般的诗词美学，每一个词根都透出民间的智慧和力量。

二

一座村庄，繁衍久了，一山一石一草一木都成了书写春秋的一部分。繁花欲燃，鸟鸣呖呖，泉声潺潺，山水草木和人类共同活成了一个悲喜同在的世界。老辈人常说，我们这个村子，如果将前门山和后门山掉个个儿，或者将前门山推开几十丈，将是一块龙盘虎踞的风水宝地。话虽如此，谁也没有盘古那样的伟力。千百年来，前门山依然高大巍峨，像一道厚重但稍显逼仄的屏障。后门山倒是气象万千，尖峰耸立，两侧山峰像扶手一样微微隆起，像极一位大刀金马端坐的将军。面前横了一短岗，就是活脱脱一张条案，以至于祖祖辈辈将一个"金交椅"的传说讲得活灵活现。山的深邃就像神秘的天书，激发着一个孩子最初的想象力。孩提时代的我经常对着那些高低错落的山峦阴影发呆，想象着是否真有神秘的未知的力量在那些阴暗里蛰伏。站在后门山岗上四望，几百户人家就像一把打翻的种子，在坡坳处散乱地长出几缕灰蓝色的炊烟。谁也没找到过那条"金交椅"，但它一直都在那里。

诗人张二棍说："一群清贫的人，在尘世间最大的能力，就是让一件事变成传说，让一件物成为神物。"越是古朴的村落，一定拥有更多的神。我的村庄也不例外，无助的乡亲需要有神灵庇护他们笨重而粗粝的人生。哪怕是虚构的神迹，照样能温暖一代代人的情感。象鼻山上有座当境庙，供奉着一方境主——是这块土地上唯一的神。庙不大，只有一进，紧贴着山岩，地势高峻，几年前重新修缮了，山门上是我父亲手书的匾额。当境菩萨彰显的第一件神迹，据说是自己选的庙址。原本选址在隆庆桥边，动土那天瓦片却无端飞起，像蝴蝶翩跹，兀自降落在几十米外的象鼻山脚。此为村庄入口，倒更有"一夫当关"的气势。左旁有片遮天蔽日的乌桕树林，林子里有几座古坟。老辈人闲时唠嗑，常会说起境庙的灵异事件。善兴伯和菊汀伯还是光屁股放牛娃的时候，有一天从乌桕树林下走过，忽听得林中传来沙沙声响，抬眼隐约可见两个身着蟒袍绶带的人穿过林子往庙的方向而去……菊汀伯早已故去，善兴伯也已老迈垂暮。但往往这样，有名有姓的故事会让曾经的旧事物更加扑朔迷离，会让虚妄转为真实，当然，也能让真实化为乌有。故事是那样斑驳，却不妨碍它成为村庄传说中的一个细节。

　　孩子常常会用身边的事物去印证神话，比如说杨柳湾口的那块天然巨石，便是我私藏的"一千零一夜"。这是一块凸出山体的黑色巨石，中间又神奇地分割出一块长方形的白石，极像一扇门。每当上下学从公路上走过，我总会抬头看几眼。从这里我仿佛看到了那遥远漫漶的时光，古老的波斯国，阿里巴巴的那个山洞的门和此处奥妙地重叠在了一起。总觉得什么时候，我只要呼唤几声"芝麻开门"，石门便会訇然洞开，所有的祷告和心愿都会在这里实现，有糖果糕点的甜美，有每次考试的顺遂。很难想象，这块普通的山石曾经长久地照亮一个孩子的梦与向往，带来无数的慰藉与希望。现在，巨石仍在，只是，小时候看着十分神峻的庞然大物，如今也苍老了，矮小了。

三

除了前门溪，村口还有一孔方塘，我们称之为"水孔"。塘水碧蓝，像一匹上好的锦缎。塘水下落时，可以看到水底的暗苔，绿得幽深，有小鱼小虾隐匿其间。树和云朵仿佛从塘底下长出来，在水波里弯曲着，舞动着。冬暖夏凉的塘水，滋养乡民干渴的灵魂也濯洗着俗世的劳尘。塘埠头的青石光滑如玉，留下大姑娘、小嫂子、阿嬷阿婆磋磨生活的印记。记得有一年，有个阿嬷在洗衣服时，指上戴的一枚金戒指被肥皂水润滑得掉进了水里，闹出了很大的动静，许多人都来帮忙，用兜子捞，用耙子耙，塘边围满了人，结果如何，倒是忘记了。当我在注视着这些往事时，却不知，俯仰之间，已为陈迹。

从水孔的石阶拾级而上，两棵香樟树临溪而立，站了上百年，原来樟树旁还有棵枫杨，夏天的时候垂下一串串"元宝"，我们常常粘得满脸都是，童年的欢乐像那一粒粒的籽隐藏在其中。

樟树老了，一半的枝丫干枯了，在她几十年上百年的阅历中，什么风霜都经历过了。不知道从什么时候起，这棵树忽然被人将她从树的日常中抽离出来，成了一个孩子的"娘"。此后便有无数个孩子祭拜她为母亲，寻求她的庇护。万物有灵，生长也是一种陪伴。人与人之间的陪伴，终归是短暂的，唯有植物唯有山水自然对于人的陪伴才是恒久的——仿佛它们一直在，但凡人需要。被封神后的樟树每年都会享受香火和祭品的供奉——虽然这些沐浴神光的祭品最后被围观的村民争抢，但那些叹息、哭泣、祈祷……却一字不落地落进"樟娘"的耳中。"樟娘"将所有的故事都记住了，年复一年，枝叶不堪重负枯了一半。前两年，不知道是谁的馊主意竟然在它的枯杈上雕了一男一女两个神像，这做法倒是"着相"了。

　　"香樟树下"，是一个温馨的地标。树下架着几块长条石，常常坐满了乡亲，像栖息在电线上的鸟儿。拖点长长尾音的乡音，是亳岭乡村剧特有的画外音。渐渐地，小商贩拉来货物，也都停在这一带交易。鸡拥猫簇，人声物声，杂然相谐，是个有生气的地方。从田地里的庄稼到瓜棚下的一个嫩瓜，从昨天东家婆媳吵架到今天西家进城买了啥，鸡毛蒜皮的事情都可以烹出一盘熨帖的话题。没有人给樟树下的人讲人生哲学，但他们过得很哲学。他们不懂得安贫乐道的道理，却心神安泰。有吃有穿、子孙满堂，便是人生乐事。几十年里唯有这个聚谈的场景未曾改变。不，也有改变。有的人老了，有的人走了，年轻人鲜少会坐下来聊天，但回乡时偶尔驻足唠嗑几句也是其乐融融。村里的老人长寿，耄耋老人比比皆是。人老精于人事，整个村子里谁家先人当过强盗、谁家祖宗贩过牛羊，他们皆了如指掌。方圆几十里的人，小时候的奇闻、大了后的作为、光盛时的气派、倒霉时的可怜，甚至妻家何处、亲家何人，都如数家珍。久而久之，这种讲述往往带点民间演义的成分。农民总是通过细节来论人的，总是记忆着细节和传说着细节，重细节甚于任何政策和理论。偶尔谈点从电视上报纸上看来的新鲜时事，也是按照乡民的理解，慨叹一下世界的精彩。这些讲述充满了乡土的味道，这种味道就是故乡特有的味道。

生活总在别处。正如大多数人的经历一样，年轻时向往热闹，拼了命往大城市奔，往喧嚣繁华处蹦，在漫漫征途中摸爬滚打、伤痕累累，上了一定岁数才发现，有时候我们终其一生去努力挣脱的事，蓦然回首却发现是一直追寻的东西。这种现世安稳，或许就是千百年来无数文人笔下的桃花源。当你在城市的车水马龙中厌烦透顶时，当你弄不明白活在当下究竟是怎么一回事时，你会倏然想起这恬淡的一切。

四

隆庆桥、古祠堂、苏式的"工"字形小学校，是亳岭村的地标性建筑。学校是青砖砌成的两层小楼，建于二十世纪五六十年代。一个小山村里有这么一幢巍峨的教学楼，这在十里八乡也是独一份的荣耀。亳岭村历来书风鼎盛，崇尚耕读传家。祖辈就有专门的义田，以供村里的孩子读书。到了现代，更有乡贤设立了教育基金，奖励考上高等院校的孩子们。

每天，挂在廊下的铜钟，被扯出急促清脆的钟声，无数的孩子就像小鸟一样从四邻八乡飞过来，琅琅书声裹挟着催促万物生长的暖风，在大地、山岗，在孩子们的心田上勤奋地奔波。又从这里出发，向着远方的梦想出发。许多人正是从这里出发，脱下了那身世袭的农民的衣衫。这是一个没有围墙的校园。操场既是孩子的乐园，也是村子的晒场。一块块方的、圆的竹簟、竹匾上，晾晒着农人四季的光景，番薯干、番薯粉、乌楮粉、笋干菜、豆瓣酱……最热闹忙碌的是盛夏双抢季节。一大清早，各家将自己的那块簟基打扫干净，摊上竹簟，大人们把湿漉漉沉甸甸的稻谷挑回，往簟里一倒，又匆匆赶往田里收割。放了暑假的孩子或者家中的老人，便用木杷将稻谷推开、晒干。晒场上热火朝天，但秩序井然。但雷阵雨往往会打乱人的阵脚，冷不丁洒下一阵，场面立即焦躁起来。和稻子差不多时节收获的还有黄豆，晒场上锤豆荚的场景特别有质感。阳光下，锤豆的连枷一下下有节奏地捶打在豆荚杆上，一粒粒黄豆从豆荚中炸裂开来，就像操场上四处奔跑的孩子，空气中浮动着干爽好闻的草木清香。生活总是精致而博大，粗放又细腻。这一切似乎都在践行着墙上的红色大标语——"教育与生产劳动相结合"。

不管成人还是孩子，似乎每个人的肩膀上都背负着庞大的未来，我们都在为一种不可预见的幸福而拼斗着。

"把酒话桑麻"是带点文人意趣的郑重其事，在乡村，桑麻的话题是随时随地可以捡拾起来的。面朝操场的地理优势，使潮仁嫂、金初哥几家门口的大方石上，成为另一个热闹的聚谈场所。常见男人们捏个茶杯，泡了酽酽的茶水，在那里摆龙门阵。女人手上拿着针线或者一篮子瓜果蔬菜在那里边拉呱边忙活。饭点时，常有端了饭碗出来的。碗里的菜肴是一个家庭的面孔，咸菜、腌萝卜、霉豆腐、三两个时令蔬菜，照样吃得有滋有味。当然，瓜棚豆架下围坐夜饭，巷口路边斜倚家常，都是早年乡村的风景。人到中年，回忆更觉温馨。这令我想起，小时候父亲不止一次地向我描述，他童年时代的长安镇上的油条，是多么酥香松脆，关键是大了不止一倍，他的比画总是充满着夸张。现在想来，这实在是糅进了他诸多的情感和梦想。

如今小学校合并了，这幢教学楼就成了村委会办公楼。里面进驻了一家农家乐、一个萤石展览馆，书声不再，晒谷、晒秋的场景也少见了，外地游客的足迹却多起来了。

　　祠堂始终是个庄重的所在。直轩公祠早年毁于兵燹战火，现有的建于1947年。祠堂里办过学、办过竹编厂，前几年叫老年活动中心，现在又叫文化礼堂，修葺一新。记得早年间祠堂黑漆的大门通常是紧闭的，操场上堆满了柴垛子。被岁月熏烤的幢幢屋宇，黑如深井，铺满"石子蛋"的天井长满了苔藓。檐口上那新织和旧织的蛛网，在微风中被无声地轻抚弹拨。坚硬的青石板被无数的脚印磨得光滑如玉，又被檐下的雨滴凿出一个个岁月的痕迹。陈氏先辈们的披荆斩棘、血泪挥洒以及风度翩翩，只能依稀存在于长长的家谱里，或者是一代又一代后人的想象与传说中。祠堂里有座古戏台，最热闹的是每年正月里做戏，喧嚣的锣鼓声，将祠堂的冷寂一扫而空。戏台上出将入相，戏台下人头攒动，四邻八乡的人都来了。村庄里几百户人家，表面上关系可能亲密可能疏远，甚至老死不相往来，十有八九都是拐弯抹角的亲戚。来来往往吃吃喝喝中，山村热闹起来，亲情乡情也便如那炊烟，连绵悠长起来。无数顽童清脆的笑声在廊檐下回荡，故乡的涵义也在这笑声中意蕴深长。

　　故乡的很多物事都是以童年的记忆为主的。原先祠堂边搭了两间小屋，进门一缕窄窄的小天井，种了几株草药，左边是一间小平房，住着一个孤寡老人，叫先为婆，她常弓着背在穿堂的那口独眼灶上烧饭，老式的蓝布斜襟大褂衬得她脸色肃清苍白，孤独像灶火在她脸上跳跃。我常想起她摇着一把芭蕉扇，神情寡淡地坐在屋里的样子。有时胸前别个佛袋在念佛，即便对孩子也不见多热络慈和。右边是村合作医疗室，父亲在那儿当了几十年的赤脚医生。一张书案，一个简单的药橱，都十分整洁，整整齐齐地放着酒精、红蓝药水、纱布绷带、注射器托盘、常见药品……一些最基本的诊疗器材担负起了整个村庄救死扶伤的信仰。现在这些都被拆掉了，都消失在岁月长河中了。

血脉，是家族谱系延续的另一种方式，隐秘而深邃，流淌在时间的背面。祠堂是维系宗族的根，人们在这里祭祀祖先，慎终追远。看着风摇墙草，雨绿苍苔，忽然觉得，所谓故乡，就是在这个村庄里，瓜瓞绵延，很多亲人在这里打发了或长或短的一生。

五

"你现在都没长痘痘了啊。"一句话凝固成一个远去的青春时代。或许我这张业已中年的脸，无法完全地揳入乡亲们的记忆。与他们有过交集的，是那个孩提时代的我。随着时间的推移，故乡似乎离我越来越远。"乡音无改鬓毛衰"，远的不仅仅是距离，还有人事。就像我记不清小时候的故乡的模样，人总是这样，被一层层的记忆覆盖，许多陈旧的往事，绝大部分的往事，都是我想象中的往事，或者说是复原了我梦境中的往事。

故乡的面貌和我一样在发生变化，不同的是我们在不断走向新与旧的两极。村庄焕发着时代的新颜，设计新颖的小别墅，像林子一样拔地而起，将老村点缀得秀丽无比。整个村巷洁净、安谧，但也寂寞。原生态和新时代元素，形成一种杂糅的美，仿佛是另一种生活的乌托邦。很多在外面混得像模像样的人，就回家乡盖房子，但很少回来住，而他们的父母也成了孤独的守望者。

这里有我们的祖宅，我的曾祖、祖辈和父辈在这个村落里生活了一辈子。200多年的老屋像一部老式放映机，岁月的胶片上，我的亲人们在进进出出……时代的洪流中，这座本来独户的四合院，突兀地闯进了另外两户"入侵者"。在经历了几十年的杂然相处后，原来充斥着鸡飞狗跳的日常，就剩下了老父亲一人的坚守。老屋是父亲一生的故事，也是我们的往昔，这里存储着我童年的记忆，是贴在我心上发黄的旧照片，也是我们根植在这个村庄的象征。

当年，母亲像一朵紫云英花一样从几十公里外的"外洋"

飘到这个她完全陌生的小山村。我和弟弟便成了父亲和母亲召唤来的两粒种子，也在这片土地上开启了我们的人生。一个人降生在哪个地方是偶然的，但那个生长的过程又是必然的。"文艺范儿"的母亲凭着一腔热血一头扎进了这个山村，却始终无法与这里的灵魂契合，终其一生在为将我和弟弟送离这个山村而奋斗。母亲用她的睿智、开朗、坚韧的品性，经营着平凡的人生，将最美的花絮洒落在这片土地上，最后也落进了这片土地。堂前靠板壁的藤椅上，再也不见她的身影。她成了一张薄薄的相片，在墙上朝着我们微笑。人的一生总是如此仓促而无力，一抔土堆就是一条生命的证据，母亲加入了沉睡的祖先的队伍，继续着对我们的护佑！

时间马不停蹄地把我们送向我们所追求的远方，故乡却是始终站在后面守望。无论如何变迁，无论岁月怎样流逝，她都那么清晰地站在岁月深处，随时等着我推开那扇童年的门。日光从天井上方倾泻下来，给陈旧的老屋镀上了一层金光，千万缕金线中有无数尘埃像精灵般在舞蹈。忽然觉得，我记得的这些事物，不管如何朴素，都会组成一张巨大而独特的底片，在我的心版上冲印出万千印象。

2021 年 7 月

后记

　　虽然对于一名散文写作者来说，多年来书写都是建立在故乡这个文化母体上的。但自从申报了这个写作主题，到了真正要对故乡的山川河流、人文历史、饮食风物做一次总体性的回望时，我又有了"近乡情怯"的不自信。乡愁、乡情、乡音、乡味等都是烙在身上的印记，它们在我心里酝酿发酵，在我血脉里流淌，照理来说已是熟稔至极。但我怕我带着个体生命体验的叙说，描摹不了这片土地的灿烂。无论是"地理修辞"还是"时间修辞"，无论是"物"还是"人"，我只是采撷了这块土地上最有代表性的元素来书写。我希望我的叙述是有真实触感的，饱含着深情和理性的。

　　嵊州素有"万年文化小黄山、千年剡溪唐诗路、百年越剧诞生地、两圣一祖归隐处"之美誉，不仅山水富丽，人文荟萃；越剧、茶叶、竹（根）雕、小吃等丰饶物产和非遗文化更让这片土地有滋有味，我把这些都概括为了一种特有的南方味道。在这本书里，我书写的对象并不多，但每一篇都用了较长的篇幅，我希望在一堆人们耳熟能详的素材中，通过着意爬梳，能开掘出角度和深度的差异性。我不断变换"焦距"，一方面拓宽视野，从时代、历史出发去思考，另一方面又拉近焦距，对准个体化的观察和生命体悟，植入自身情感经验。生活在这片土地，山水草木、花鸟虫鱼、民间传说都是置于日常生活之中的，我们接受着它们的滋养，也丰盈着这土地上万物的生机与希望。从宏大到幽微，我自觉避开旅游式的推介，努力呈现这份灵秀生动又典雅质朴的江南之美。这块土地给了我生生不息的源动力，有我对历史与现实的追问，对生命的追溯，对未来的思考，记录着一个作家的精神履痕，但肯定也有时空和视域限制所带来的逼仄感和单调性。是对故乡的敬意和使命感，促使我写下这本书。但毕竟，这是我第一次出版个人文集，怕文章的质量力有不逮。因此，在写作过程中，一边赶稿，一边投稿，希望经过编辑的校验，我奉上的这盘"菜"能够对得起读者，能对得起宣传部门对本书的项目扶持。在此，衷心感谢《星火》《延河》《山东文学》《黄河》《文学港》《海燕》《野草》等各大文学期刊及《浙江日报》等编辑们的支持和厚爱，他们的采用和刊发，让我对这本书多了一份底气。

感谢您的阅读。

2024 年秋月